NF文庫
ノンフィクション

凡将山本五十六

その劇的な生涯を客観的にとらえる

生出 寿

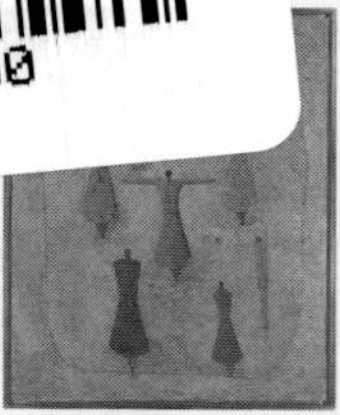

潮書房光人新社

まえがき

山本五十六は悲劇の名将といわれる。悲劇はまちがいない。名将ということも海軍次官まではそのとおりであった。しかし、連合艦隊司令長官としても名将であったかといえば、かなり疑問がある。山本が真の名将であったならば、まず日米戦を阻止したであろう。また、どうしても日米戦が起こったとしても、さらに最後には敗れるにしても、あのように無残な大敗をすることはなかったはずである。

山本が連合艦隊司令長官として名将であったか凡将であったか、これは歴史の真相を知るうえで一つの鍵となる。それを事実にもとづいて明らかにしていきたい。

凡将山本五十六——目次

凡将山本五十六

その劇的な生涯を客観的にとらえる

情に流れた長官人事

海軍次官の山本五十六中将が連合艦隊司令長官に親補されたのは、昭和十四年八月三十日である。満五十五歳であった。

山本をその長官にしたのは海軍大臣米内光政《よないみつまさ》大将であり、

「海軍大臣がよかったかもしれぬが、そうすると、陸軍のまわし者か右翼に暗殺される恐れがあった」

ということであった。

山本はいったん長官就任を辞退した。米内が指名した後任海相吉田善吾中将の次官にとどまり、日独伊三国同盟締結の阻止《そし》と、日米戦阻止に努力したいといった。

米内は、

「ずいぶん君も苦労した。すこし太平洋の新鮮な空気を吸ってくるがいい。なにしろここは空気が悪いからね」

といって、山本を承知させたという。

米内の肚《はら》は、ここで山本を殺したくない、いずれ時機をえて山本が海軍大臣に就任し、陸軍の横暴をおさえ、日本の危機を乗りきってもらいたいということにあったらしい。

しかしこの人事は、考えてみれば、情に流れて甘かった。

山本の連合艦隊司令長官就任は、時局に応じた適材適所ではなくて、あるかないか分からない暗殺からの逃避ということで、すっきりしたものではなかった。

国が平穏なときでも、軍隊は急変に即応できる態勢を整えていなくてはならない。そのなかでも、海軍についていえば、海軍大臣、軍令部総長、連合艦隊司令長官は、いかなる場合にも最適任者である必要がある。

山本は、あるいは暗殺されたかもしれないが、国家的な立場からすると、海軍大臣として辣腕《らつわん》をふるい、日本を対米戦から回避させるべきであった。

さもなければ、山本の申し出どおり、海軍次官にとどまり吉田海相を補佐して、おなじ目的を果たすべきであった。

また山本は、軍政にかけては第一級のプロであったが、作戦にかけては岡目八目《おかめはちもく》のアマチュアにすぎず、とうてい第一級のプロとはいえなかった。まして対米戦についてはテンから自信がなく、開戦となるとどんな戦《いくさ》をするか分からない人物であった。

それとくらべて、疑問の余地がなく明快だったのが、日露戦争開戦四ヵ月前の常備艦隊司令長官更迭《こうてつ》人事であった。

海軍大臣が山本権兵衛《やまもとごんべえ》中将、常備艦隊（のちの連合艦隊）司令長官が日高壮之丞《ひだかそうのじょう》中将で、当時東郷平八郎中将は、田舎の舞鶴鎮守府司令長官という、退役一歩てまえのかすんだ老人であった。

明治三十六年十月十七日、東郷は緊急の招きによって、高輪《たかなわ》の私邸に山本権兵衛を訪ねた。権兵衛五十二歳、東郷五十七歳のときである。

権兵衛は虎のような眼を光らせて東郷にいった。

「ほかでもない。あなたに日高のあとをひきうけてもらいたいが、どうだろう」

東郷は、しばしの沈黙ののちにこたえた。

「よろしい、ひきうけよう」

権兵衛はまたいった。

「ただし、万事中央（海軍省・海軍軍令部）の指図どおりに動いてもらわねば困る。この点はどうか」

「それでよろしい。ただ、参謀だけは自分にえらばせてもらいたい。それから開戦までは中央の指示に従うが、戦場においては、大方針は別として、その他のかけひき一切は任せてもらいたい」

権兵衛はうなずいた。

権兵衛は、この東郷という、一見平凡で無口な老人が、大戦争の戦場の総指揮官としては、激浪中の大岩のように最適だと思っていた。

そのわけは、この翌日、海軍大臣官邸で、権兵衛が日高に常備艦隊司令長官辞任を迫ったときの言葉にはっきり表わされている。

権兵衛と日高は、ともに薩摩生まれで、戊辰《ぼしん》戦争には、ともに一藩兵として従軍した。明治三年には、いっしょに築地の海軍兵学寮に入り、二人はほぼ同時期に少尉に任官した。いまはともに中将だが、やはり、ともに大将になるという下馬評であった。

それに反して東郷は、舞鎮長官を最後に、中将どまりで退役といわれていた。

権兵衛は、竹馬の友の壮之丞にいった。

「お前は非常に勇気があって、頭もずばぬけていい。だが、自負心が強く、いつでも自分を出さないと気がすまない。また、自分がこうと思いこむと、他人のいうことはすべてロクなものではないと頭から決めてかかり、いっさい聞きいれようとしない。

東郷はお前より才は劣る。しかし、大軍の将は才気だけでつとまるものではない。人格がそれにふさわしくなくてはならない。

日露の国交がやぶれた場合、作戦用兵の大方針は大本営が決定し、艦隊司令長官にそれを示達する。長官は、大本営の指示どおりに動いてもらわねばならない。

ところがお前は気にいらぬと自分の料簡《りようけん》をたてて中央（海軍省・軍令部）の指示に従わないかもしれない。

もし艦隊が中央の方針に従わず、勝手なことをはじめたらどうなるか。国家の意図する戦略は支離滅裂となり、ついには国も亡びるだろう。

東郷にはそういう不安がすこしもない。中央の方針に忠実であることはまちがいないし、また臨機応変の処置もできる。東郷をえらんだのはそういうことだ。

俺はお前には、子供のときから友情を持っている。しかし、個人の友情を国家の大事にかえることはできない」

これを聞いた日高は、死を賭《と》すほどの怒りをおさめ、涙を流し、頭を下げて承知した。ただ、いいようのないほどさびしげであったという。

東郷がえらばせてほしいといった参謀は二人あった。一人は海軍兵学校第十七期の首席で、作戦参謀の秋山真之《あきやまさねゆき》少佐である。秋山は三十五歳であったが、アメリカで戦略戦術をとことんまで研究し、すでに日本海軍随一の戦術家になっていた。彼を作戦参謀にすることは、東郷ならずとも、全海軍の意志であったといえる。

秋山は海軍大学校で戦術教官をしていたが、その講義はいちぶのすきもない理論に裏打ちされていた。そのうえで、図上演習や兵棋演習は、あっとおどろくばかり実戦的であった。

彼はロシア艦隊を撃滅する戦術をきわめて具体的に示した。ロシアの軍艦の性能、砲戦実力、艦隊運動のくせ、ロシア的作戦の発想法などを調べつくし、それにたいして、綿密周到な殲《せん》滅《めつ》法を明確に完全に示してみせたのである。

秋山は日本海軍の至宝というべき作戦家であった。とくに彼の傑出していた点は、いくら戦いに勝っても安心せず、敵を完全に撃滅するまでは、ぜったいに手をゆるめないところにあった。

この東郷と秋山は、かつて常備艦隊で、東郷が一回めの司令長官、秋山も一回めの参謀として、働いていたのである。

明治三十六年十月のある日、秋山は海軍省の会議室でおよそ二年ぶりに東郷に会った。

「秋山です、しばらくでした」

というと、東郷は立ち上がって、

「しばらくでした」

と、ゆっくり薩摩なまりでこたえた。知将とか勇将とか仁将とかに分けられない、ふしぎな風格の老人である。

対座すると東郷はいった。

「このたびのこと、あなたの力にまつこと大です」

そして、わずかに微笑していた。

ひさしぶりの対面はそのあと、二、三話しただけで終わった。

あとで秋山は同僚にいった。

「あれは大将になるために生まれてきたような人だよ。あの人に仕えるのは二度めだが、こんどはよほど大きな絵をかけそうだ」

もう一人の参謀は、山本権兵衛はもちろん、誰ひとり予想できない意外にも意外な人物であった。東郷は、権兵衛が書いて示した参謀名のうち、先任参謀のところに線を引いて消し、よこに有馬良橘《りようきつ》中佐と書いた。権兵衛はおどろいた。有馬は巡洋艦「常磐《ときわ》」の副長であったが、なんのとりえもなさそうな目立たない男であったから、権兵衛には東郷の考えがまったく分からなかった。有馬は、秋山より五期まえの兵学校第十二期だが、同校卒業時の席次は十九名中の十六番であった。

しかし東郷はいった。

「あんな忠実な男はいない」

十年前の日清戦争のとき、東郷は巡洋艦「浪速《なにわ》」の艦長をしていた。有馬は同艦の航海長であった。

権兵衛は東郷の戦場指揮官としての実戦的見識に舌を巻いた。

有馬は日露開戦後、旅順港閉塞《へいそく》決死隊の総指揮官となり、広瀬武夫少佐らとともに、全員戦死の覚悟で、第一次・第二次閉塞を敢行する。そして広瀬は第二次閉塞で戦死するが、有馬は生きのこり、のちに海軍大将まで昇進した。

常備艦隊は明治三十六年十二月二十八日に解散となり、新しく第一、第二、第三艦隊が編成され、第一・第二艦隊で連合艦隊が組織された。東郷は連合艦隊司令長官兼第一艦隊司令長官となった。のちには、第三艦隊も連合艦隊に編入される。

連合艦隊の初代の参謀長は、兵学校第七期の首席島村速雄《はやお》大佐であった。十年前の日清戦争の主な海戦はすべて島村の頭脳によるとさえいわれ、これは権兵衛のすいせんであったが、東郷ももちろん異論がなかった。島村の美点は、秀才にありがちな思い上がりや功名心がなく、自分は一歩うしろに下がり、人に功をゆずるというところにあった。十歳若い秋山にたいしても、

「すべて君に任せる」

といい、秋山に、なんらの気がねもなく全能力を発揮させたのである。もっとも、任された秋山も、思い上がって大きなミスを犯すようなことはなかった。

のちに島村のあとを継いで参謀長となり、日本海海戦を戦う加藤友三郎大佐は島村と同期で、次席であった。

島村は後年、軍令部長となり、加藤は海軍大臣となり、ともに元帥まで昇進した。

すこし長くなったが、以上が山本権兵衛による東郷司令長官および主な参謀の人事のあらましである。

米内による山本司令長官の人事とくらべると、日露戦争直前ということであるにしても、そのふんいきにはそうとうなひらきがある。

山本司令長官を補佐する連合艦隊司令部参謀たちの人事についても、東郷の参謀たちとくらべると、こんなことでいいのかと思われるような疑問が多いが、それについては、のちに述べることにしたい。

山本司令長官が決定したとき、米内も山本もホッとした気持であったことはまちがいない。どちらかというと、きわめて満足な、いい気分であったようだ。

九月一日、山本は、和歌山県の和歌之浦に入港していた連合艦隊旗艦「長門《ながと》」に着任した。着任の儀式がすむと、機嫌よさそうに、副官に、

「長官というのはいいね。もてるね。海軍次官なんて高等小使だからな」

と、軽口をたたいたという。

しかし、米内にしても山本にしても、そのころは、まさか山本が連合艦隊司令長官のまま日米戦に突入しようとは思っていなかった。まして、のちに山本が、米戦闘機隊に待ち伏せされて、暗殺同然に射殺されるとは、夢にも思っていなかった。

ともかく山本は、こうして、見かけは極楽だが地獄の門を、意気揚々とくぐったのである。それを見ると、人事というものは、よほど慎重に先々のことを考えなければ、一大事になると思い知らされる。

現に、山本が「長門」に着任したその日、ドイツがポーランドに侵入を開始した。二日後の九月三日には、英国とフランスがドイツに宣戦を布告して第二次世界大戦がはじまった。日本も戦争に巻きこまれる危険が急速に増大してきたのである。

しかし、当時の日本にとると、まだ対岸の火事で、深刻に将来を考えるということもなかった。連合艦隊も、ふだんと変わりなく、予定の訓練をつづけていた。

昭和十四年十二月の人事異動で、連合艦隊司令部の陣容が山本色に一新された。なかでも、参謀長の福留繁《ふくとめしげる》少将と先任参謀の黒島亀人《くろしまかめと》大佐の二人が注目の人物であった。福留は兵学校第四十期の八番で、軍令部第一部第一課長を約二年半つとめた。当時、作戦にかけては、日本海軍内の第一人者と見られていた。その点は、才能や性格には差があるにしても、東郷艦隊における島村速雄のような存在であった。

軍令部は陸軍の参謀本部に相当する。作戦担当の第一部、戦備担当の第二部、情報担当の第三部から成っていた。第一部は、作戦専門の第一課、防備訓練担当の第二課、内線作戦担当の第十二課から成っていた。

これらの中心が作戦専門の第一部第一課で、第一課長はもっとも重要なポストとされていた。毎年、第一課は海軍の年度作戦計画を立案する。その成案をたずさえて、軍令部総長は、陸軍の参謀総長とともに天皇に上奏、御裁可をえて、正式に年度作戦計画を決定する。

したがって、もし戦争が起こると、陸海軍は、それぞれの年度作戦計画によって行動する。

だから、連合艦隊の参謀長もしくは先任参謀もしくは作戦参謀のうち少なくても一人は、その計画の立案に参画した者がのぞましい。

福留は、昭和十年十月から十三年四月まで第一課長であった。昭和十四年度についてはそれが決定されるまでは在任しなかったが、熟知していたといっていい。

ところが、黒島の先任参謀というのが、東郷艦隊の有馬良橘と似て、意外にも意外な異色人事であった。ただし、両者の特質はまったくちがっていた。有馬の場合は、東郷に「忠実」をかわれた。黒島の場合は、山本に「奇才」をかわれたのである。

黒島は兵学校第四十四期で、席次は九十五名中三十四番である。海軍大学校も出ているから、常識的にいえば出来はいい方といえる。しかし、尋常な人物ではなく、むしろ奇人であった。

連合艦隊先任参謀に着任してからも、その奇行はすこしも変わらなかった。自室の舷窓に蓋《ふた》をして、暗がりの中で、褌《ふんどし》一つのまま、坐禅をするような恰好《かっこう》で、一日中瞑想をつづける。

司令部の幕僚たちは、長官とともに食事をすることが多いが、そんなときでも、彼は自室にひっこんだまま出てこない。食事は従兵に運ばせる。巡検終了後、浴室にいくときは、褌もしないブラキン姿で、タオルだけをぶらさげていた。下着も寝巻も一切洗濯をしない。見るに見かねて従兵が、自腹を切って下着を買い、そっと置いておくこともあったという。

山本は、しかし、怒りもしなければ、諭《さと》しもしなかった。「ガンジー」というアダ名をつけたが、それだけで、黒島の好きなようにさせていた。だが、同僚や部下たちは、好感を持たなかった。「クロシマヘンジン」とか「クロシマセンニン」とかいって、「勝手な野郎だ」と思っていたらしい。

黒島は砲術科士官だが、砲戦術を数理でつきつめて研究するというようなことはしなかった。彼によると、大砲でも飛行機でも水雷でもなんでもよかった。そういうコマを使って、人が思いつかないような面白い戦いをどうすればできるかが、彼の関心のマトであったらしい。

山本が黒島を抜擢したのは、その奇想天外なアイデアを認めたからだが、そのいきさつはいろいろな説がある。そのうちの二つを紹介したい。

黒島は、昭和十一年ごろ、海軍省軍務局第一課員で、冠婚葬祭などの儀典の係りをしていた。当時山本は中将で、海軍航空本部長であった。黒島は仕事の関係で山本にときどき会っているうちに、山本がその奇才を認めたというのである。

もう一つは、ある大演習のときに、黒島が発表した奇想天外なアイデアに、山本が唸るほど感心したのがきっかけだという。

ただしかし、黒島のアイデアは、秋山真之のような、いちぶのすきもない理論に裏打ちされているというものではなかった。よくいえばインスピレーション、わるくいえば山カン的な思いつきというものが多かった。そのために、実行不可能な空想にすぎなかったり、みこみちがいがよくあったのである。

こういう黒島を山本は、自分の死の直前まで、他の誰よりも重用した。

その山本は無類のバクチ好きであった。ひまさえあれば、賭け将棋、囲碁、マージャン、トランプ、花札、ルーレット、玉突きなどをやっていた。欧米視察の途中、モナコのカジノでルーレットをやり、大勝ちして、マネージャーに入場を拒絶されたという伝説がある。

ルーレットに必勝法というものはないというのが定説である。ところが山本は、必勝法があるといいはっていたらしい。

元海軍少将の高木惣吉は、『山本五十六と米内光政』（文藝春秋）で、

――かつて（註・山本は）勝負ごとの三徳をかかげて、

一、勝っても負けても、冷静にものを判断する修練ができる。

二、機をねらって勇往邁進、相手を撃破する修練ができる。

三、大胆にしてしかも細心なるべき習慣を養うことができる。

ともらしたことがあるが、毒薬も用いようで良薬となる。すくなくとも提督（山本）の場合、己れにとっては修練の具となり、同時に上下親睦の功徳をもったことは誇張でない。

「自分の利欲のために勝負ごとをやったのでは決して冷静適確な判断は生れない。すべて勝負ごとは私欲を挟まず、科学的、数学的でなければならぬ。熱狂しては駄目だ。冷静に観察し、計測すれば必ず勝つ機会がよく判る。そして好機は一日に数回は必ず廻ってくる。それを辛抱づよく待つ忍耐が大切だ。モナコの賭けも高等数学で勝てる……」──〔（ ）内は筆者註〕

と、書いている。

しかし山本がバクチも高等数学で勝てるなどと、あるていどでも本気でいっているとすれば、彼にも競馬狂とか競馬の予想屋のような気質があったということであろう。

ところで、その山本が、口では科学的、数学的に勝負ごとをやれば勝てるといっていても、実際にはそのようなやり方で勝負ごとをやってはいなかったという例を紹介しておきたい。

元海軍少将・兵学校第四十七期の横山一郎は、山本が海軍次官当時、海軍省の副官をしていて、山本となんどかブリッジの手合わせをした。

山本のブリッジについてはこんな話がある。彼が昭和十年にロンドン軍縮予備交渉から帰って、郷里の長岡に遊んだころである。地元のある人に勝負の腕前を聞かれたとき、

「いちばん得意なのはブリッジだ。これはまあ、将棋でいえば八段ぐらいだろうが、少なくとも東洋では私がいちばんだろう」

とこたえたというのである。

しかし横山は、

「山本さんのブリッジはブラフ（こけおどし、ハッタリ）が多いんだ。手が悪いのにふっかけてくる。ぼくは、ああ、これは山本さんブラフだなと思い、堅実にやった。すると、かならず勝てた。ふつうの人は、山本さんのブラフにひっかかって、山本さんは博才があると思ったようだ。しかし、ブラフなんかに惑わされずに、合理的にやっていけば、その方が勝つ。山本さんはハバナへ行ってバクチを打って大儲《もう》けしたそうだが、そういうこともあったかもしれない。ブラフは当たるとすごい。しかし、だいたいは当たらないものだ。彼のブラフと、ぼくの合理的なやり方とやったら、ぼくが勝つのだから」

といっている。

どうやら、山本も黒島も、超合理的というか空想的というか、そういうミステリー好みの性格らしい。なにか、山本が孫悟空なら、黒島が猪八戒か沙悟浄といったコンビを連想する。

職を賭せない二つの弱み

昭和十五年七月、天皇ご指名の米内内閣も、陸軍の倒閣運動のまえには、かんたんにつぶされた。

あとには、陸海軍をうまくあしらって無難にやろうという、第二次近衛内閣が誕生した。しかし、近衛には信念がなく、目的のためには手段をえらばない陸軍にとっては、くみしやすい人物であった。

陸軍は、海軍の米内・山本・井上（成美《しげよし》少将・兵学校第三十七期、のちに最後の海軍大将）らが徹頭徹尾反対し抜いた日独伊三国同盟の締結を、ふたたび近衛にせまった。

三国同盟が締結されれば、英仏を助けるアメリカと日本は戦わねばならなくなるというのが、日本海軍上層部の一致した見解であった。

ところが陸軍と松岡洋右《まつおかようすけ》外相は、独伊は英仏を屈伏させるであろうし、それと日本が結んでいれば、アメリカは対日戦を避けるであろうと主張した。

そのころの海軍大臣は、連合艦隊司令長官を山本と入れかわった吉田善吾中将であった。吉田は山本と兵学校同期の第三十二期で、卒業時の席次は、百九十一人中、山本の十一番につぐ十二番だが、政治的手腕はない生まじめな人物であった。それだけに海千山千の陸軍や松岡相手に、その上をいくかけひきなどはできなかった。

吉田は三国同盟阻止のために必死の努力をしたが、陸軍と松岡の手をかえ品をかえての攻めに参り、自殺まで考えるひどいノイローゼとなった。

吉田を補佐すべき海軍次官の住山徳太郎中将（兵学校第三十四期）は、〝海軍女子学習院長〟というニックネームの温厚な紳士で、こういう急場にはなんの役にもたたない人物であった。

九月三日、疲れ果てた吉田は築地の海軍病院に入院し、翌四日、海軍大臣を辞職した。

九月五日、及川古志郎《おいかわこしろう》大将が海軍大臣となり、及川によって、豊田貞次郎中将が次官となった。しかし、このコンビは陸軍と松岡に軽くひねられて、海軍が反対し抜いてきた日独伊三国同盟にあっさり賛成してしまった。

三国同盟は、昭和十五年九月二十七日、ベルリンのヒトラー総統官邸で、日本大使来栖《くるす》三郎、ドイツ外相リッベントロップ、イタリア外相チアノの三代表によって署名調印されて成立した。

これでアメリカは、陸軍と松岡の思惑とは反対に、対日戦を明確に決意したのであった。

吉田・住山のあとの及川・豊田が、どういういきさつで出てきたのかは、よく分からないが、後任大臣の指名権は吉田が持っていた。吉田はなぜ、及川を後釜にしたのであろうか。元海軍中佐・連合艦隊参謀・兵学校第五十八期の千早正隆《ちはやまさたか》は、戦後、元海軍大将の井上成美から、つぎのような話を聴いたという。

——元帥伏見宮博恭《ひろやす》王は昭和七年二月以来の軍令部総長で、かくれた勢力を持っていた。伏見宮はイエスマンではなく、自分自身の意見をかなりつよく持っていた。そのために海軍大臣としても、重要人事については伏見宮の意見をうかがい、それを尊重して人事を行なうという慣習になっていた。及川の場合は、それがつよく働いた——

及川は、吉田・山本の一期まえの兵学校第三十一期で、卒業時は、百八十七人中の七十六番だが、中国人もおどろく漢学者であり、温厚な人格者であった。そのかわり、人と争っても所信を貫くというところはなかった。というよりも、所信というものがあるのかとさえ思われる人物であった。

作家の阿川弘之は『山本五十六』（新潮社）で、つぎのような井上の言葉を書いている。

——「相手が日本陸軍という、陸軍第一、国家第二の存在であるのに、誰が及川を大臣に持って来たのか、不謹慎極まる人事であった。あの定見のない無能ぶりを陸軍が承知していて、近衛あたりに推薦したとしか考えられない」

と、井上成美は、歯に衣《きぬ》をきせず、及川を罵《ののし》っている――

また、次官の豊田も、兵学校第三十三期の首席で秀才という評判は高かったが、見識にもとづく所信というものはなく、陸軍と妥協することに熱心であった。

『失はれし政治』と題する近衛文麿の手記の中に、

――抑《そもそ》も三国同盟締結については、海軍が容易に賛成すまいと思ってゐたのである。（中略）然るに及川大将が海相となるや、直に海軍は三国同盟に賛成したのである。余は海軍の余りにあっさりした賛成振りに不審を抱き、豊田海軍次官を招いてその事情を尋ねた。次官曰《いは》く、海軍としては実は腹の中では三国同盟に反対である。然しながら海軍がこれ以上反対することは、最早や国内の政治情勢が許さない。故に已《や》むを得ず賛成する。海軍が賛成するのは政治上の理由からであって、軍事上の立場から見れば、まだ米国を向ふに廻して戦ふだけの確信はない――

というくだりがある。

ところで、伏見宮が及川を推薦したのは、及川が人格温厚だったからであろうか。あるいは井上がいうように、陸軍が及川の性格を見ぬき、近衛に「陸海協調にふさわしい」とすすめ、近衛がそれを伏見宮に伝えたのであろうか。

もっとも伏見宮は、三国同盟にはもともとそれほど反対ではなかった。

九月十五日夕刻、及川海相は、東京に海軍首脳会議を招集した。伏見宮はじめ、各軍事参議官（役付のない元帥・大将など）、各艦隊司令長官、各鎮守府司令長官が列席した。

元海軍大尉・兵学校第七十一期で、戦後防衛庁戦史室で軍事史・戦史を研究し、その後防衛大学校教授の野村実は、その著『歴史のなかの日本海軍』（原書房）に、そのときのもようを、

――会議については長谷川清（当時軍事参議官）の詳細な証言がある。

長谷川によると、豊田が会議を司会し、海軍省軍務局長の阿部勝雄（註・少将）が経過を説明し、そのあと軍令部総長伏見宮博恭王が座ったままで「ここまできたら仕方ないね」と発言して、会議の論議を封ずるような格好となり、つぎに先任軍事参議官の大角岑生《おおすみみねお》が、事前に各参議官と調整したわけではなかったが、「軍事参議官としては賛成である」と言明した。

そのあとただ一人の発言者は山本であった。立ち上がった山本は、条約が成立すれば米国と衝突するかも知れない。現状では航空兵力が不足し、陸上攻撃機を二倍にしなければならない。

との趣旨を述べた――

と書いている。

こうしてみると、伏見宮・大角・及川・豊田のあいだでは、事前に話し合いができていて、この四人は、決められたとおりの役割りをそれぞれ演じたものであろう。

吉田は伏見宮に従い、及川を海相にすることを承認して、つまりは三国同盟締結の道を開くことになったものと思われる。

この九月に、山本は近衛に招かれて、荻窪荻外荘《おぎくぼてきがいそう》の自邸に近衛を訪ね、近衛に日米戦の見通しについて聴かれた。

「それは、ぜひやれといわれれば、初め半年や一年は、ずいぶん暴れてごらんにいれます。しかし二年、三年となっては、まったく確信はもてません。三国同盟ができたのはいたし方がないが、かくなった上は、日米戦争の回避に極力ご努力を願いたいと思います」

と、山本はこたえた。

艦船・航空機の燃料がなくなるし、二年もたてば、アメリカは生産力に物をいわせて、日本海軍の十倍の艦船・航空機を持つようになるというのがその裏づけであった。

それにしても山本は、日本海軍が好んで使った「撃滅」とか「撃破」という言葉は使わなかった。「暴れてみせる」という、勝つのか負けるのか分からないあいまいな言葉であった。

山本はなぜ、あいまいな言葉を使ったのであろうか。このことについては、井上成美が、やはり戦後に、

「山本さんはなぜあんなことをいったのか。軍事に素人で優柔不断の近衛さんがあれを聞け

ば、とにかく一年半ぐらいは持つらしいと曖昧《あいまい》な気持になるのはきまりきっていた。海軍は対米戦争はやれません、やればかならず負けます。それで連合艦隊司令長官の資格がないといわれるなら、私は辞めますと、なぜはっきりいいきらなかったか。アメリカ相手に戦って勝つんだといって自分が鍛えた航空部隊にたいして、対米戦はやれないといいきることは苦しかったと思うが、敢えてはっきりいうべきであった」と、きびしく批判している。

たしかに山本は、部下にたいしてひっこみがつかないと思っていたようである。

しかし、もう一つの理由があった。

山本は、昭和十六年四月十四日付の、郷里の風呂屋の友だち、梛野《なぎの》透《とおる》に宛てた手紙で、こう書いている。

――小生も今年一年海上を死守し、幸に事なければ海軍の御奉公も先づまず用済みに付、悠悠故山に清遊、時に炉辺に怪腕を揮《ふる》ふの機会も之あるべし。それまでに充分腕を研《みが》き置く様、連中に御申聞かせくだされたく。

又本年中に万一日米開戦の場合には「流石《さすが》五十《いそ》サダテガニ」と言はるる丈《だけ》の事はして御覧に入れ度きものと覚悟致居候――

「怪腕を揮ふ」は、マージャンか将棋か花札か、そういったものであろう。「流石五十サダテガニ」は、「さすがに五十六さんだけのことはある」という意味である。

山本は、明治十七年四月四日に、旧越後長岡藩の士族高野貞吉の六男として生まれた。五十六というのは貞吉が五十六歳のとき生まれたからである。

大正四年、海軍少佐のとき、五十六は長岡藩第一の名家で代々家老職であった故山本帯刀《たてわき》家を相続した。

山本帯刀は、戊辰《ぼしん》戦争のとき、総督河井継之助《かわいつぎのすけ》戦死のあとをうけて長岡軍の総司令官となり、官軍のワカラズヤ岩村精一郎軍と戦った。しかし薩摩軍に捕らえられ、降伏を拒否したために斬首され、戦後山本家は改易廃絶とされた。

その由緒ある山本家は、明治十七年になって許されて復活した。ところが、山本家を継ぐにふさわしい人物が見つからないままに、三十年以上も家名だけになっていた。

五十六が海軍少佐になってからその山本家の跡をついだというのは、山本家再興をのぞむ人たちが五十六の将来を見こんだからであろうし、五十六もまた、やってやろうという気になったからではなかろうか。

五十六の実の祖父高野秀右衛門貞通も、この戊辰戦争のとき、七十七歳で敵陣に斬り込み、戦死している。

こういうわけで山本五十六は、むかし賊軍と呼ばれてさげすまれた長岡藩の汚名をそそぎ、名を挙げるべき代表となった。

それがいまや、帝国海軍最高の連合艦隊司令長官であり、越後長岡の誉れである。

かつて山本は海軍次官時代に三国同盟反対・日米戦阻止にあらゆる力をつくした。ところがそのために、陸軍や右翼から「腰抜け」「国賊」と罵《ののし》られ、命も狙われた。

その山本が、連合艦隊司令長官として、

「対米戦争はやれません。やればかならず負けます。それで連合艦隊司令長官の資格がないといわれるなら、私は辞めます」

といったら、海軍部内はもちろん、世論はどうなるであろうか。その結果、「腰抜け」「国賊」の非難の嵐の中で、山本は連合艦隊司令長官の座を追われることになるにちがいない。それを郷土長岡の人びとは、どういう思いで見るであろうか。

山本は、そういうことには堪えきれなかったのではないかという気がする。

のちに山本は、昭和十六年十二月八日、対米英戦開戦の日に、

――(前略)ただ此戦は未曾有《みぞう》の大戦にしていろいろ曲折もあるべく名を惜《をし》み己《おのれ》を潔《いさぎよ》くせむの私心ありてはとても此大任は成し遂げ得まじとよくよく覚悟せり(後略)――

と書く。

それならば、むしろこのとき名を捨てて屈辱に甘んじ、後日を期すべきではなかったかという気がする。しかし山本は、そういう屈辱に甘んじられる人物ではなかったのであろう。

それよりも、

「やれといわれれば、初め半年や一年は、ずいぶん暴れてごらんにいれます」

と、いささかかっこいいところを見せたがる人物だったと思われる。

棚野へ手紙を書いた当時は、山本はすでに真珠湾攻撃計画に熱中していた。しかし、いくら熱中していても、ふつうの長官ならば、「流石五十サダテガニ」などとは書かなかったにちがいない。

山本が連合艦隊司令長官の職を賭してまで三国同盟・日米戦阻止をしなかったのは、このような、部下か郷土の人びとにたいするメンツのためであったと思われる。

「真珠湾攻撃」提案の矛盾

山本五十六は、昭和十五年十一月十五日に、同期の吉田善吾、嶋田繁太郎とともに海軍大将に進級した。嶋田の兵学校卒業時の席次は二十七番だが、のちに海軍大臣、軍令部総長となる。

昭和十六年一月七日付で、山本は、及川《おいかわ》海相宛てに、「戦備に関する意見」という、歴史的な書簡を書いた。要略して示す。

――対米英必戦を覚悟して、戦備に訓練にはたまた作戦計画に邁進《まいしん》すべき時機に入れるは勿論なりとす。

作戦方針に関する従来の研究は、正々堂々たる迎撃大作戦を対象とするものなり。而して屢次《るじ》図演（註・図上演習）等の示す結果を見るに、帝国海軍はいまだ一回の大勝を得たることなく、このまま推移すれば、恐らくはジリ貧に陥るにあらずやと懸念せらるる情勢にて演習中止となるを恒例とせり。事前戦否の決をとらんための資料としてはいざ知らず、いやしくも一旦開戦と決したる以上、この如き経過は断じてこれを避けざるべからず。

日米戦争において我の第一に遂行せざるべかざる要項は、開戦劈頭《へきとう》に敵主力艦隊を猛撃、撃破して、米国海軍および米国民をして救うべからざる程度にその士気を沮喪《そそう》せしむること是なり。

（中略）

日米開戦劈頭に於ては、極度に善処することに努めざるべからず。而して勝敗は第一日において決するの覚悟あるを要す。

作戦実施の要領左の如し。

㈠敵主力の大部真珠湾に在泊せる場合には、飛行機隊をもってこれを徹底的に撃破し、かつ同港を閉塞《へいそく》す。

㈡敵主力真珠湾以外に在泊するときもまたこれに準ず。

これがために使用すべき兵力および任務。

(イ)第一、第二航空戦隊（やむを得ざれば第二航空戦隊のみ）

月明の夜または黎明《れいめい》を期し、全航空兵力をもって全滅を期し敵を強（奇）襲す。

（中略）

(ハ)一個潜水戦隊
真珠湾(その他の碇泊地)に近迫、敵の狼狽出動を要撃し、なし得れば真珠湾口においてこれを敢行し、敵艦を利用して港口を閉塞す。

(中略)

右は米主力部隊を対象とせる作戦にして、機先を制してフィリピン、シンガポール方面の敵航空兵力を急襲撃滅するの方途は、ハウイ方面作戦とおおむね日を同じくして決行せざるべからず。しかしながら、米主力艦隊にして一旦撃滅せられんか、フィリピン以南の雑兵力の如きは士気沮喪、到底実戦敢闘に堪えざるものと思考す。

万一、ハワイ攻撃における我損害の甚大なるをおもんぱかりて、東方に対し守勢を取り、敵の来攻を待つが如きことあらんか、敵は一挙に帝国本土の急襲を行ない、帝都その他の大都市を焼尽するの策に出でざるを保し難く、もし一旦此の如き事態に立ち至らんか、南方作戦にたとえ成功に収むとも、我海軍は世論の激攻を浴び、ひいては国民士気の低下を如何《いかん》ともするあたわざるに至らんこと火を見るより明らかなり。

小官は本ハワイ作戦の実施にあたりては、航空艦隊司令長官を拝命して、攻撃部隊を直率せしめられんことを切望するものなり。

爾後堂々の大作戦を指導すべき大連合艦隊司令長官に至りては、自ら他にその人ありと確信するは、すでにさきに口頭をもって開陳せる通りなり。

願わくは明断をもって人事の異動を決行せられ、小官をして専心最後の御奉公に邁進することを得しめられんことを――

かんたんに解説を試みたい。

従来日本海軍は、明治の日本海海戦のように、来攻する米艦隊を迎え、戦艦部隊を中心として艦隊決戦をやることを数十年にわたって研究をしてきた。

ところが、何回図上演習をやっても、日本艦隊は、まだ一回も米国艦隊に大勝したことがない。そのまま戦いをつづけると、日本艦隊はジリ貧となって、最後は負けるだろうという情勢で演習中止となる。

戦争をやるかやらないかを、この演習を参考にして決めようというなら、あるいはいい資料になるかもしれない。

しかし、理由はぬきにして日米戦はやるときまったならば、こんなジリ貧で負けるような戦は絶対にやってはならない。

日米戦争をやるならば、開戦と同時に米主力艦隊を猛撃、撃破して、米国海軍と米国民をふるえ上がらせ、日本などと戦えばとんでもないことになる、戦争はやってはならないと思いこませることが必要である。

そのためにはつぎのようなことをやる。

まず、空母四隻（第一航空戦隊＝「赤城《あかぎ》」「加賀《かが》」、第二航空戦隊＝「蒼龍《そうりゅう》」「飛龍《ひりゅう》」）の全航空兵力で、ハワイの真珠湾その他の米主力艦隊を奇襲あるいは強襲し、これを徹底的に撃破する。

空母が二隻しか使えない場合は、「蒼龍」「飛龍」とする。

攻撃時機は、月明の夜か夜明け前とし、全滅を期して襲撃する。

潜水艦部隊は、真珠湾湾口で米艦船を撃沈して、港口を閉塞する。

フィリピン、シンガポール方面の敵航空兵力にたいしては、ハワイ方面攻撃と同日ぐらいにわが航空兵力で急襲し、撃滅する。

ハワイ攻撃をやらなければ、米国艦隊が日本本土を急襲し、東京その他の大都市を焼きつくす恐れが多分にある。そうなった場合は、日本国内が蜂の巣をついたような大混乱となり、国民は救いがたい敗北感に陥るにちがいない。

それほど重大なことだから、自分は航空艦隊司令長官として、ハワイ攻撃を思う存分にやりたい。

ハワイ攻撃以後の堂々の大作戦を指導すべき大連合艦隊司令長官には、以前に口頭で述べたとおり、米《よ》内光政《ないみつまさ》大将になってもらいたい。どうか、思いきって、この人事を決行していただきたい。

と、いうものである。

つぎに、この書簡から、気づいたことを述べてみたい。

一言でいうならば、大航空部隊によるハワイ攻撃をぜひともやりたい、それも自分が直接指揮して、全滅を期して、徹底的に米主力艦隊をたたきのめしたいということである。「撃滅」と書かず、「撃破」と書いてあるから、「たたきつぶす」とは解釈できない。

このハワイ攻撃の最大の狙いは、米国海軍と米国民のド肝を抜き、腰を抜かさせ、日本と戦争するのはごめんだ、「ノー・モア・パールハーバー」だという気持にさせることだという。

しかし、ハワイ攻撃で敵主力艦隊を撃破すれば、米国海軍と米国民は恐怖に駆られて音《ね》をあげるであろうか？　山本は、アメリカに長年駐在して、米国民の国民性も、人口も、資源力も、生産力も、科学力もよく知っているはずである。このくだりは、どう見ても空想的で現実性がないようである。

敵主力艦隊を撃破し、修理が終わるまでの数ヵ月間、米国と日本の主力艦兵力の比率が同率あるいは日本優位とさせるというなら現実的である。

だが、そのあとどうすれば米国海軍に勝てるのか、あるいは勝てないまでも戦争終結にもっていけるのか、そこは不明である。

しいていえば、あとは米内連合艦隊司令長官に堂々の大作戦指導をやってもらいたいということだが、具体的なものではない。

山本は、航空部隊によるハワイ攻撃だけを考えて、あとのことはなにも考えなかったのかとさえ思えてくる。

それにしても、ここに書かれてある「敵主力」とはなにを指すのであろうか。従来からすると主力といえば戦艦であった。近年空母がのし上がってきたが、それでも補助兵力のナンバーワンである。そう考えれば、この「敵主力」は、「敵戦艦」ということになる。

しかし、山本は、かねがね、「戦艦などは飛行機で沈められるから無用である」とまで主張していた。それならば、空母が主力で、戦艦が補助兵力でなければならない。

だが、この文面では、その点もはっきりしない。

はっきりしているのは、航空部隊でハワイ攻撃をかければ、在泊米国艦隊に多大な損害を与える可能性があるということだけである。

前記の千早《ちはや》は、この書簡について、つぎのようにいっている。

「山本さんがこの書簡を及川さん宛てに書いたのは、作戦計画のことよりも、米内さんを連合艦隊司令長官にしてもらいたいというのがいちばんの狙いだったと思う」

その理由を考えてみる。

米内が連合艦隊司令長官になったとすると、米内は誰はばかることなく、

「日本海軍は、米英をむこうにまわして戦争をするように建造されてはおりません。勝てるみこみはありません。独伊の海軍に至っては問題になりません」

と明言する。

そうすれば日米戦は、米内が司令長官であるかぎり回避されるであろう。また、山本自身としては、航空部隊にたいしても、郷土の人びとにたいしてもメンツが立つ。これがいちばんいい。

もし、どうしても日米戦となるならば、米内は東郷のようにほとんどだまって立っていればいい。戦《いくさ》は、米内をたてながら俺がやってやる。ということになるのではなかろうか。

実現したとすると、米内が三蔵法師、山本が孫悟空といったものになったろう。

しかし、この人事は実現しなかった。

山本の意見については、及川が軍令部総長の伏見宮に伺いをたてたところ、

「米内は私のあとの総長ならいい。GF（連合艦隊）は山本がやれ」

と、受け流されたという。

また、この人事については、米内・山本と同志ともいうべき井上成美《しげよし》までも反対した。

昭和十六年三月、当時井上は中将で航空本部長であった。ある日、「長門」に航空戦技を見に行き、山本から米内連合艦隊、山本第一艦隊の構想を聞かされた。狙いも、あるていどは分かった。しかし井上は、

「それでは現役の海軍大将十何人、ぜんぶロクでなしという刻印を押すことになりますよ。私が大臣なら、そういう人事はやりません」（米内は総理大臣に就任のときから予備役となっていた）

と反対した。山本は、

「そうか。そういう考えもあるか」

と、口惜しそうだったという。

井上は、派閥とか親分子分という関係を極端に嫌っていた。また、目的のためには手段をえらばないということも嫌っていた。たとえば、彼がのちに海軍兵学校長になったとき、図書館から吉川英治の『太閤記』をしめ出した。秀吉の処世法がよくないというのであった。

山本は、井上のそういう潔癖そのものの性格をよく知っていたはずである。

おそらく、

（この男に、こんなことを話すのではなかった）

と悔やんだものと思われる。

しかし、この人事はやはり強引で、実現は無理であったと見るべきであろう。

それより、伏見宮の後釜として米内を軍令部総長にさせ、日米戦阻止に努力させた方がよかったのではなかろうか。

それから一ヵ月もたたない昭和十六年四月、それまで十年ちかく軍令部総長をつとめた伏見宮が辞任することになった。

絶好のチャンスであった。ところが、このチャンスは、思いがけない人物によってつぶされてしまった。それはこういうことであった。

井上は航空本部長であったが、ちょうどそのころ空席となっていた海軍次官の代理を兼ねていた。ある日及川によばれ、

「総長殿下が辞《や》めたいといっておられるのだが、どうしたらよいだろうか」

と聴《き》かれた。井上は言下にこたえた。

「お辞めになりたいといわれるなら、受理されたらよいではありませんか。その方が宮様のためにも、海軍のためにもよろしいと思います」

「後任は誰がいいかね」

「山本さんは連合艦隊だし、あとは長谷川さんを除いたらこれといった人はおりません。仕方がないから序列で最先任の人をもってきたらいいでしょう。そして、その人が無能だと見たら首を切って、その次席を上げるのが合理的でしょう」

「すると永野《ながの》さんということになるが、永野さん承知するかな」

「永野さんは、自分で自分を天才だと思っていますから、二つ返事でひきうけるでしょう」

このように井上は、いかにも井上らしく意見を述べ、まるで口にするのは悪いことでもあるかのように、米内のヨの字もいわなかった。予備役の米内を現役に復活させて軍令部総長にするということは、現役の大将十何人すべてロクでなしという刻印を押すことになってよくないという考えだったものと思われる。

しかしそれならば、口に出した長谷川清（兵学校第三十一期）をなぜつよく推さなかった

のであろうか。つよく推すほどでもないと思ったのであろうか。

ともかく、これで兵学校第二十九期の米内光政軍令部総長は陽の目を見ずに消え、また長谷川清も言葉だけに終わり、兵学校第二十八期の永野修身《おさみ》軍令部総長が決定した。

ところが、この永野が半年もたたないうちに対米戦を積極的に主張し、そのころの及川海相、つづく嶋田海相とともに、開戦に関する海軍の三大責任者となるのである。

戦後井上はこの三人を三等大将・国賊とまで酷評したが、永野を軍令部総長にしたことについては、井上にも責任の一半があるとされねばならない。

公正潔癖も、場合によるととんだ禍を生むものと思わされる。

井上は、この際は人になんといわれようと、米内、山本と組んで日米戦阻止をはかるべきではなかったろうか。

昭和十六年一月二十四日付で、山本は、笹川良一宛てに、後年有名になった手紙を書いている。

――（前略）小生は単に小敵たりとも侮らず大敵たりとも懼《おそ》れずの聖諭を奉じて、日夜孜《し》孜《し》実力の錬成に精進致し居るに過ぎず、恃《たの》む処は惨として驕《おご》らざる十万将兵の誠忠のみに有之候、併《しか》し日米開戦に至らば己が目ざすところ素《もと》よりグァム比律賓《ヒリッピン》に非ず、将又《はたまた》布哇《ハワイ》桑港《サンフランシスコ》に非ず、実に華府《ワシントン》街頭白堊館《ホワイトハウス》上の盟ならざるべからず、当路の為政家果して此本腰の覚悟と自信ありや、（後略）――

ワシントンまで攻め込んで、ホワイトハウスで城下の盟をさせるのでなければ戦争は終わらないと考えなければならない。政治家たちは、そこまでの覚悟と自信を持っているのか。ということで、つまり、そんなことができるわけがないから、対米戦はやってはならないということである。

ところが山本は、一方でそういいながら、一方では、「流石五十サダテガニ」といわれるような真珠湾攻撃計画に熱中する。そして対米戦をやるならこれしかないと、あらゆる反対意見に耳をかさず、強引にこの計画をおしすすめていく。

これではまるで、「対米戦はやめろ、しかしやるなら俺のいうとおりにやれ」といっているようなものである。

井上成美の明察と偏見

山本の「戦備に関する意見」には、ハワイ作戦があるだけで、そのあとの見通しがなかった。

ところが、当時航空本部長の井上成美《いのうえしげよし》は、かなり的確な見通しを持っていた。井上は、昭和十六年一月三十日に、及川海相宛てに、井上の持論である「戦艦不要論」と「海軍の空軍化」を骨子とする『新軍備計画論』を提出した。その要点は、

一、航空機の発達した今日、之からの戦争では、主力艦隊と主力艦隊の決戦等は絶対に起らない。

二、巨額の金を食う戦艦など建造する必要なし。敵の戦艦など何程あろうと、我に充分な航空兵力あれば、皆沈めることが出来る。

三、陸上航空基地は絶対に沈まない航空母艦である。航空母艦は運動力を有するから使用上便利ではあるが、極めて脆弱《ぜいじゃく》である。故に海軍航空兵力は基地航空兵力であるべきである。
四、対米戦に於ては陸上基地は国防兵力の主力であって、太平洋に散在する島々は天与の宝で非常に大切なものである。
五、対米戦では之等基地争奪戦が必ず主作戦となることを断言する。換言すれば上陸作戦並びにその防禦《ぼうぎょ》戦が主作戦になる。
六、右の意味から基地の戦力の持続が何より大切なる故、何をさておいても、基地の要塞化を急速に実施すべきである。
七、従って又基地航空兵力第一主義で航空兵力を整備充実すべきである。之《これ》が為《ため》、戦艦、巡洋艦の如きは犠牲にしてよろし。
八、次に日本が生存し、且、戦を続ける為には、海上交通の確保は極めて大切であるから之に要する兵力は第二に充実するの要あり。
九、潜水艦は基地防禦にも通商保護にも、攻撃にも使える艦種なる故、第三位に考えて充実すべき兵種である。
というものである。

しかし、海軍省も軍令部も、これは海軍の従来の方針とあまりにもかけはなれているとして、ほとんど取りあげなかった。

そのことについて井上は、戦後、『思い出の記』につぎのように書いている。

――この意見が少しは、その後の軍備方針に加えられた様だったが、八月初めに、私は四艦隊に転出し（註・第四艦隊司令長官）、自分の主張した南洋島嶼《とうしょ》防備の責任を負わされた。行って見て、何も出来ておらず、又、開戦になっても何もやって貰えず、誠に驚きもし、又苦労した。（註・中央に置いておくとうるさいし邪魔になるというので飛ばされたといわれている）

（あとがき）開戦初頭、我海軍基地航空部隊が南支那海で英国の戦艦二隻を撃沈した時は、その戦果を喜んだことは当然だが、尚、戦前の私の予見を実戦が立証したことの方が自分としてはうれしかった。

尚、その他の予言、警告も残らず実戦が証明（日本の敗ける方に）したのは恐ろしくもあり悲しくもあり――

しかし、井上はこの卓見ともいうべき『新軍備計画論』についても、異論はある。砲戦術のオーソリティで、レイテ沖海戦のときには、重巡「利根《とね》」艦長として米空母ガンビア・ベイおよび駆逐艦二隻を砲・雷撃して撃沈した元海軍大佐・兵学校第四十七期の

黛治夫《まゆずみはるお》は、

「井上さんは、日本では、工業力から見て、思うように飛行機ができないことをよく知っていた。それで戦争が一年以内にはじまりそうだというのに航空軍備、ことに基地航空兵力の強化を主張した。

具体的にいうと、サイパン、テニアン、グアムの基地航空兵力だ。

しかし、これは一年やそこらの短期間では整備できるはずがない。

また、たとえできたとしても、敵が正規空母五、六隻と特設空母十五、六隻持ってきて、かたっぱしからやれば、すぐ撲滅されてしまう。図上演習をやっても、航空母艦で基地なんていうものはすぐやられる。

にもかかわらず、こういうものがあれば勝てると思っていたのはおかしいと思う」

という。

井上第四艦隊司令長官の下で航海参謀、ついで連合艦隊航海参謀、最後に軍令部第一部の艦隊編成参謀をつとめた元海軍中佐・兵学校第五十四期の土肥一夫は、

「井上さんは中攻（註・中型陸上攻撃機）主力の航空兵力で戦えると考えていたようだ。だが中攻隊で敵艦隊攻撃に行っても、むこうの防空戦闘機にほとんど食われてしまう。マレー沖海戦のときは、プリンス・オブ・ウエルズとレパルスの護衛戦闘機が一機もいなかったので、二隻とも撃沈することができた。しかしもし敵戦闘機が二十機もいたら、わが方の損害

が多く、両艦ともあるていどの損傷は与えることができたかもしれないが、撃沈することはできなかったろう」

という。

では、つぎのことについてはどうであろうか。つまり井上が、

一、航空機が発達した今日、之《これ》からの戦争では、主力艦隊と主力艦隊の決戦は絶対に起らない。

二、巨額の金を食う戦艦など建造する必要なし。（後略）

と主張していることである。

それについては、こういう話がある。

千早正隆《ちはやまさたか》は、昭和十五年末から十六年九月まで、連合艦隊旗艦「長門」の対空射撃指揮官をしていた。その間、公算学で防空の研究をとことんやってみた。ところがどうしても対空兵器だけでは敵機の攻撃を防ぎきれない。演習終了時の研究会でそれを力説したが、誰も聴いてくれない。そこで、海軍省の選考委員会に提出しようと、厚さ五、六センチの大論文を書き、まず、艦長の大西新蔵大佐に提出した。

論文の結論は、

「この現状では主力艦隊は決戦場に進出することはできない。進出させるとすれば、防空専用の戦闘機百機をつける必要がある」

というものであった。

これが大西から連合艦隊司令部にまわり、最後に山本にとどけられた。山本はその結論のところを読み、非常につよい関心を持ったらしい。

千早はのちに、当時の連合艦隊参謀副長小林謙吾大佐から、

「山本さんは、あのことをなんべんもいっていたよ」

と聞かされたという。

千早の研究によると、防空戦闘機が百機ついていれば、戦艦部隊も決戦場に進出できるというのである。

この論文は、海軍省の選考委員会で最優秀作品にえらばれた。だが、残念ながら一年遅かったために、対米戦の実戦に間に合わなかったという。

ほんとうに間に合わなかったかどうか分からない。だがともかく、防空戦闘機が百機つけば、戦艦部隊は無用ではなく、決戦場に進出して、航空部隊の数倍もの威力を発揮できたと思われる。

以上のように井上の『新軍備計画論』には、いくつかの偏見と思われるものがある。しかし、戦争の様相や経過については、的確な見通しを持っていたことは確かである。

退任延期

昭和十六年四月、永野《ながの》修身《おさみ》が軍令部総長となると、その要請によって、山本は参謀長の福《ふく》留繁《とめしげる》を軍令部第一部長に送った。かわりに伊藤整一《いとうせいいち》少将が着任した。

伊藤は兵学校第三十九期で、百四十八名中十五番で卒業したが、大正十一年には海軍大学校を恩賜の成績で卒業している。

山本とは縁が深い。山本が大正末期に霞ヶ浦航空隊で副長をしていたときはその部下であり、臨時航空会議のときは山本の随員であり、昭和二年にアメリカ駐在となったときは山本が上司の大使館付武官であった。

伊藤の経歴を見ると、教育・人事畑と海外駐在が目立つ。

山本は、伊藤の柔和、清廉、鷹揚《おうよう》、寡黙《かもく》、人に親しまれる人柄と国際的知識をかって、参謀長に据えたものと思われる。

伊藤は、五ヵ月後の九月に、永野を補佐する軍令部次長となる。次長の下には、前連合艦隊参謀長の福留が第一部長でいた。

伊藤、福留とも山本の息がかかっている。というより、伊藤、福留とも山本同様、日米不戦のつよい意見を持っていた。山本が手許においておきたい福留、伊藤をつぎつぎ軍令部に送り出したのは、対米戦に走りがちな永野を抑える意図もあったようである。

伊藤はさらに三年半後に、第二艦隊司令長官として戦艦「大和《やまと》」に乗り、沖縄に向かって出撃し、「大和」とともに海に沈む。

この伊藤が参謀長に着任したころの四月十日、第一・第二・第四航空戦隊の空母六隻を統合した第一航空艦隊が編成された。

司令長官には、提案者の小沢治三郎中将ではなくて、小沢の一年先輩の兵学校第三十六期の南雲《なぐも》忠一中将が就任した。南雲は根っからの水雷屋で、それまで航空には無縁であった。参謀長には航空畑と軍令部作戦課を歩いてきた第四十一期の草鹿《くさか》龍之介《りゅうのすけ》少将が就任した。

この第一航空艦隊が、やがて真珠湾攻撃の基幹部隊となる。

小沢でなく南雲が司令長官になったのは、南雲が小沢より先任だからという理由によるもので、適材というならば、誰が見ても小沢であった。

四月末、黒島先任参謀は、山本の命をうけて、自分が書き上げた真珠湾攻撃に関する連合艦隊戦策をたずさえて、軍令部に説明にでかけた。

第一部長が福留繁少将、第一課長が富岡定俊《とみおかさだとし》大佐、航空主務参謀が三代《みよ》一就《かずなり》中佐で、この三人はそろって真珠湾攻撃に反対した。十日以上もかかる長い航路の途中で敵に発見され、待伏せされるおそれが多分にある。その場合は味方が大損害をうける。たとえ奇襲に成功しても、そのときに敵艦隊がいるかどうか分からない。という当然の理由であった。

七月にふたたび黒島は軍令部に行って主張したが、軍令部はやはり受け入れなかった。

その七月には、日米戦を決定づける重大事件がおこった。

七月二十五日、飯田祥二郎陸軍中将が率いる第二十五軍が海南島の三亜港を出発し、二十八、二十九日にわたり、南部仏印のナトラン、およびサンジャックに上陸した。

これがどれほど重大な事件であったかについては、当時東条陸相の軍務課長で陸軍大佐(のちに中将)の佐藤賢了《けんりょう》が、その著『大東亜戦争回顧録』(徳間書店)につぎのように書いている。

——南部仏印進駐の件は六月二十一日陸海軍間で決定され、同二十五日連絡会議で正式に国策として決定をみた。

(中略)

北部仏印進駐のときの混乱に懲りて、中央も出先も十分注意したため、なんらの紛糾もなく、平和進駐ができた。ところが南部仏印進駐に対する米国の反応は、資金凍結による完全な対日経済封鎖であった。すなわち、七月二十六日、米国は日本の在米資金を凍結し、翌二十七日、英・蘭ともに日本の在外資金を凍結し、日英通商条約は廃棄され、日本は完全な池中の魚となった。

事前に海軍では、米国が対日戦争に出るとの判断と、その覚悟があったようだ。小野田中佐（註・捨次郎・兵学校第四十八期）が永野軍令部総長に南部仏印進駐の決裁を受けに行ったとき、「これで戦争だな」といった（註・永野が）ことがこれを証明している。陸軍では海軍に比して甘かった。これによって日米戦争が起こるとの予想も覚悟もなかった。私は日米戦争の瀬戸際まで行くであろうとは考えたが、資金凍結という形で経済封鎖を受けるとは予想しえなかった。たしかに不覚であった。（後略）――

この佐藤は、昭和十三年三月三日に、衆議院の国家総動員法案委員会で答弁に立ち、野次や批判をとばす議員たちに向かって、

「だまれ」

とどなり、いわゆる「黙れ事件」をおこした人物である。

また、米国がこれほど強硬な反応を示したのは、日本軍の南部仏印進駐を「南西太平洋に全面的な攻撃を行なう前の最後の布石」だと見たからであった。

陸軍同様に米国を侮り、見通しを誤った松岡は、この時点で外相から外された。

米国は、八月一日には広範囲な対日輸出禁止措置を取り、綿と食料品をのぞき、石油をふくむ一切の物資を日本に対して差し止めた。

そうなると日本は、手持ちの石油で米国と戦い、その間に蘭印などの資源地域を占領確保して石油を日本に運ぶか、米国に屈伏するかのどちらかを選ぶしかなくなった。

及川海相や永野総長が、なぜ陸軍の南部仏印進駐に同意したかというと、それは三国同盟締結のときとおなじように、目先の陸海協調を優先したからであった。


そのころ、山本は連合艦隊司令長官になって以来すでに満二年にちかいので、長官交替について考えていた。二年というのは、海軍人事からすると、最長期間であった。

山本は、日米戦となれば、真珠湾攻撃をやらなければだめだと思うが、それよりもまず日米戦を阻止する方が先決であるから、長官を交替して、その方でひと働きしよう、と、気持を新たにしはじめていた。

八月十日に、前海相の吉田が佐伯湾在泊中の「長門」に、主力艦の艦砲射撃を見学するということで山本を訪れた。

吉田の手記によると、

——どうしても戦わねばならぬ場合、真珠湾奇襲計画を語りたり——

となっている。こうなると、山本の真珠湾攻撃にたいする思いこみようは、病膏肓《やまいこうこう》に達していたという感がある。

しかし、吉田は帰京して及川に会ったとき、山本の長官交替について熱心に話し合っている。

「山本はGF（註・連合艦隊）長官をやめ、横鎮（横須賀鎮守府）にでもいく（註・司令長官として）ような口ぶりだった。自分が『それでは、だれが後任になるのか』とただしたら、山本は『嶋田（繁太郎）であり、すでに本人も承知しているはずだ』といった」

と、吉田がいうと、及川は、

「そんなことはない。いま山本に辞められては困る」

と、こたえたという。

そのことを吉田が山本に伝えると、山本は、やや捨鉢気味になったそうである。

いままで及川がやったことはなにかといえば、三国同盟締結であり、南部仏印進駐である。このままでは、やがて対米開戦は目に見えている。しかし、山本が連合艦隊にいるかぎり、それを止めようがない。

山本がいらいらするのも無理はなかった。

しかし、及川が山本に辞められるとなぜ困るのかは、はっきりしない。ただすくなくとも、及川が、連合艦隊司令長官は山本が最適任であり、山本以外にはないと思っていたのではなかった。辞められてはつごうが悪いと思っていたということである。

そのころ、山本同様になにかとうるさい井上は、八月十一日付で第四艦隊司令長官に親補され、南洋のトラック島に赴任することになっていた。明らかに、及川、永野あたりからジヤマにされたものである。

それとおなじように山本も、連合艦隊に釘づけにされたのであろう。

そうしておいて、及川・永野コンビは、陸軍に妥協しつつ対米戦に一歩ずつ踏みこんでいく。さもなければ、及川は山本を連合艦隊司令長官からおろし、嶋田繁太郎をその後任に据えたはずである。

もともと連合艦隊司令長官としては、山本よりも嶋田の方が適任であった。嶋田は、軍政畑の山本とちがい作戦畑出身で、山本が軍政にかけての第一級のプロなら、嶋田は作戦にかけての第一級のプロといえた。昭和八年十月から十年十二月まで軍令部第一部長、昭和十年十二月から十二年十二月まで軍令部次長をつとめている。いまは、連合艦隊につぐ支那方面艦隊司令長官である。

やはり及川は、山本を中央に近づけたくなかったのであろう。

おなじころ、近衛・ルーズベルト会談によって、いきづまっている日米交渉を一挙に解決しようという最後の努力が、天皇の御内意を受けた近衛と、外務省、海軍の連携でつづけられていた。

当時海軍大佐で駐米大使館付武官であった横山一郎によると、つぎのような経過であった。

「近衛さんは、日本のなかでアメリカがのむような条件を口にすれば、陸軍に押さえられてしまうので、アラスカのジュノーでルーズベルトと会い、そこで条件をきりだす肚《はら》だということだった。日本軍が中国、仏印から全面的に撤兵する。中国その他アジア諸国にたいしては日米機会均等とする。三国同盟については、アメリカが先にドイツに攻撃をしかけなければ日本は参戦しない。というような条件だった。

近衛さんは、ルーズベルトとこの話を決めたら、陸軍や右翼に殺されると予想したが、それをやろうとしたのだと僕は聞いた。

ルーズベルトも、野村大使と会談して非常に乗り気になっていた。ちょうど直前に、彼は英国のチャーチルと大西洋会談をやって成功して帰ってきたあとだったので、期待をつよく持っていたようだ。

ところが国務長官のハルというのがカチカチの法律屋で、重箱の隅ばかりほじくり、腹芸などのまるでできない男だった。

このハルが、近衛、ルーズベルト会談がまとまらないとたいへんだと思い、まとまるものについて予《あらかじ》め了解事項をつくっておこうと、それを日本側に要求してきた。

しかし、近衛さんが日本のなかでそんなことがいえるわけがない。それをハルは分からずに、とうとうお流れにしてしまった。

会談が行なわれていたならば、僕は日米戦争はせずにすんだと思う。

陸軍の東条なんかは、中国から撤兵するのは陸軍の士気に影響するなどとバカなことをいっているが、陸軍が大事か日本が大事か、そこを考えれば、おのずから分かるはずであった」

日米首脳会談がお流れと決定したのは九月三日であった。

その三日後の九月六日、日米戦を決意する御前会議が開かれた。

「戦争も辞さない決意で、十月下旬を目標に戦争準備を完整する」「外交交渉で十月上旬ごろになっても要求が通りそうもなければ、直ちに対米（英蘭）開戦を決意する」というものであった。

この会議で、永野軍令部総長がつぎのように述べている。

「（前略）英米の連合海軍もこれをわが予定決戦海面に邀《よう》撃（註・迎撃）する場合、飛行機の活用等を加味考量いたしまするに、勝利の算はわれに多しと確信いたします。ただし、帝国がこの決戦において勝利を占め得たる場合におきましても、これを以て戦争を終結に導き得ることは能わざるべく、おそらくは爾後彼はその犯されざるの地位、工業力、および物資力の優位をたのんで長期戦に転移するものと予想されます。

（中略）第一段作戦の成否は長期作戦の成否に大なる関係がございますが、第一段作戦成功の算を多からしむ見地より、その要件といたしますところは、第一には彼我戦力の実情より見まして開戦を速かに決定いたしますこと、第二は彼より先制せらるることなく、われより先制すること、第三には作戦を容易ならしむる見地より作戦地域の気象を考慮する等がきわめて必要でございます」

（中略）

最後の見通しについては、

「（前略）第一段作戦にして適当に完成されますならば、たとえ米の軍備が予定どおり進みましても、帝国は南西太平洋（註・フィリピン、蘭印、仏印、マレー、シンガポール、ビルマ方面）における戦略要点をすでに確保し、犯されざる態勢を保持し、長期作戦の基礎を確立することができます。その以後は、有形無形の各種要素をふくむ国家総力の如何および世界情勢推移の如何によりて決せられるところ大であると存じます」

といっている。

かんたんにいうと、早いうちにこちらから先手で戦争をしかければ、米英連合海軍を破ることができ、南西太平洋の資源地域を占領し、長期戦の基礎ができる。しかし最後は国家総力と世界情勢の推移がどうなるかで決まる。ということである。早くやれというのは、おもに艦船、航空機の燃料の問題で、今なら海軍は二年分の六〇〇万トンの石油があるというのである。

しかしこれは逆にいうと、石油が半年分しかなかったら、

「海軍は戦えません」

ということになったかもしれない。油があったことが、永野を開戦に駆りたてる結果になったともいえる。山本は、永野がこのようにならないように、福留、伊藤を抑え役として送ったのだが、自称天才にはなんのききめもなかったようである。

対米戦開始へ陰の加担

戦雲急を告げる連合艦隊に、伊藤にかわる参謀長として着任したのは、宇垣纏《うがきまとめ》少将であった。九月はじめのことである。

宇垣は福留と同期の兵学校第四十期で、卒業のときは八番の福留につぐ九番であった。卒業後は砲術を専攻した。

大正十三年には海軍大学校を卒業し、昭和三年にはドイツ駐在、昭和七年には海大兼陸大の戦術教官となった。そののち連合艦隊参謀、「八雲」艦長、「日向」艦長をへて、昭和十三年十二月には軍令部第一部長となった。しかし、作戦が主務ではなくて、第二課が担当する防備訓練が主務であった。ついで、福留が軍令部第一部長になるのと交替して第八戦隊司令官に転じた。それから伊藤の後任として着任したものである。

ただ、福留、伊藤が山本の指名であったのにたいして、宇垣は山本の指名ではなく、海軍省が例のように、経歴・席次によって発令したものであった。

山本がこの時期に、なぜ自分が最適と思う人物を参謀長にえらばなかったのか、これもはっきりしない。そろそろ長官交替と思っていたからか、あるいは、もう誰でもいいと、いささかなげていたのか、いずれにしても熱意のある人事とは思われない。

黒島が奇人であれば、宇垣は〝黄金仮面〟というアダ名の怪人であった。人が頭を下げると、自分は頭を反らすというのが彼の返礼の仕方であった。ドイツ人とつき合ったせいか、ドイツタイプの軍人と見られていた。

アメリカと戦争するなら、山本がアメリカ通でも、参謀長もアメリカ通の方がよかったという声が多い。

また、宇垣は作戦の専門家でもないので、山本司令部には山本をふくめて、プロの作戦家は一人もいないということになった。

九月十一日、目黒の海軍大学校で、えらばれた約三十人によるハワイ攻防の机上演習が行なわれた。しかし、どうやっても一か八かのバクチのようで、軍令部にも艦隊にも、相変わらず反対が多かった。

この翌十二日、山本は近衛首相に会い、前年九月のときとおなじように、近衛から、

「万一交渉がまとまらなかった場合、日米戦での海軍の見通しはどうですか」

と聴かれた。山本は、このときも、

「ぜひ私にやれといわれれば、一年や一年半は存分に暴れてご覧に入れます。しかし、その先のことは、まったく保証できません」

とこたえた。一年まえとちがうのは、期間が半年長くなったのと、つぎのことをつけ加えたことである。

「もし戦争になったら、私は飛行機にも乗ります、潜水艦にも乗ります、太平洋を縦横に飛びまわって決死の戦をするつもりです。

総理もどうか、生やさしく考えられず、死ぬ覚悟で一つ、交渉にあたっていただきたい。そして、たとえ会談が決裂することになっても、尻をまくったりせず、一抹の余韻を残しておいて下さい。外交にラスト・ウォードはないといいますから」

ずいぶんかっこいいことをいったわけだが、これを聴いて近衛はどう思ったか。井上が指摘したように、

「とにかく一年半は持つ」

という気持だけしか持たなかったであろうか。

近衛はさきに、永野からは早く戦をやれ、いまなら勝てるといかにも勇ましそうで、その実、無責任な話を聞かされていた。海相の及川《おいかわ》も所信をはっきりいわない。それで失望しているところへもってきて、日米不戦を持論にしている山本までが、「一年や一年半は暴れて

みせます」の、「飛行機にも潜水艦にも乗って太平洋を飛びまわります」の、などといっている。なぜ、「対米戦争はやれません。やれば負けます」といってくれないのかと、ひとしおがっかりしたというのが、ほんとうではなかろうか。山本がそういってくれれば、近衛はそれをテコにして、陸軍相手にもうひと勝負やる気になれたかもしれない。

山本は、弱い近衛の頼みの綱を、自分のメンツのためにぷっつり切ってしまったという感がする。

一方、第一航空艦隊におけるハワイ空襲訓練は、八月はじめごろから、鹿児島湾で実戦さながらに猛烈につづけられていた。桜島を前にした同湾が真珠湾によく似ていたからだが、なぜここで訓練するのかを知っている者は、ほとんどいなかった。

その飛行隊長は、まもなく中佐に進級する淵田《ふちだ》美津雄《みつお》少佐であった。中佐の飛行隊長というのは前例がないので、彼はふしぎに思って鴨池《かもいけ》基地に着任した。八月のある日、兵学校第五十二期の同期生で、一航艦（第一航空艦隊）航空参謀の源田《げんだ》実《みのる》少佐から、草鹿《くさか》参謀長の部屋に来るようにと呼び出しがかかった。そこで真珠湾攻撃計画を打ち明けられ、「そういうことか」と了解した。

淵田を飛行隊長に推《お》したのは源田である。そして、源田からそれを聞いた山本は、わが意を得たと喜んだという。

淵田は、一航艦旗艦「赤城」の飛行隊長だけでなく、全空母の搭乗員の総指揮官となった。

当時、米国太平洋艦隊の戦艦・空母・巡洋艦などの主力は、日本へのデモンストレーションのために真珠湾に集結しはじめていた。

それを見て山本は、ますますハワイ攻撃の信念を固くしているようであった。

ところが、この時点で、山本のハワイ作戦そのものが戦略的に上策だと賛同する者は黒島以外に誰ひとりいなかった。

山本がハワイ攻撃計画の立案をさいしょに依頼したのは、大西瀧治郎《たきじろう》少将であった。昭和十六年二月で、大西は第十一航空艦隊（註・陸上航空部隊）の参謀長をしていた。

山本は型破りが好きだが、大西は、いかにも山本好みの型破りというか横紙破りというか、たいへんな空の豪傑であった。

大西は、山口多聞《たもん》、福留繁、宇垣纏とおなじ兵学校第四十期で、卒業席次は、百四十四名中二十番であった。まともに勉強すれば恩賜で卒業というぐらい頭はよかった。

彼は兵学校を明治四十五年に卒業して、まだ海のものとも山のものともつかない航空をめざした。

海軍中尉のとき、水上機の操縦をしていて海中に墜落し、ひと晩中漂流しているうちに、戦艦「霧島」に発見されて救助された。

高橋三吉艦長（のちに大将）が、「大丈夫か？」と声をかけると、大西は股ぐらをおさえ、

「病気をしておりますので、海水がしみて困ります」

とこたえ、艦長をたまげさせたという。

海軍大尉のある時期、横須賀航空隊で操縦教官をしていた。ある晩、部下をつれて横須賀のレス（レストラン＝料亭）にいき、芸者をよんだが、そのうちのぽん太というのがふくれっツラをしていた。大西が注意をすると、ますますふくれて座がシラけた。大西は怒って、ぽん太のほっぺたをぽんとたたいた。するとぽん太は大むくれで座敷をとび出した。

三日後の新聞朝刊社会面に、「海軍軍人、料亭で芸妓に暴力をふるう」といった記事がハデに出た。

その日、大西は海軍大学校の入校面接試験に出かけた。控え室で待っていると、試験官に、

「大西、貴様はもう来んでいい」

と、追い返されたという。

日米戦が開始されてからだが、こんなこともある。

大西の第十一航空艦隊は、一式陸攻に零戦をつけて、台湾からフィリピンの主要航空基地を空襲し、大戦果をあげた。

翌十七年二月に、大西少将は海軍航空本部総務部長に栄転となった。五月に国策研究会が大西の話を聴く会を開いた。朝野の名士と陸海の将星数十名が集まった。開会となると、大

西はやおら立ち上がっていった。

「上は内閣総理大臣、海軍大臣、陸軍大臣、企画院総裁その他もろもろの〝長〟と称するやつらは、単なる〝書類ブローカー〟である。こういうやつらは、百害あって一利ない。すみやかに戦争指導の局面から消えてもらいたい。それから戦艦は即刻叩きこわして、その材料で空軍をつくれ。海軍は空軍となるべきである」

一座はシラケきった。大西はそれを見まわし、腰をおろして、ニヤリとした。

こういう大西に、山本はハワイ攻撃計画の立案を依頼したのである。その依頼の仕方がまた山本式というものだった。

「貴官は海大出ではないから、海大出のような型通りの着想はしないはずである。どうか余人に計ることなく、自由勝手に考案してもらいたい」

これを受けて大西は、当時第一航空艦隊の参謀だった源田実に、「貴様、ひとつ計画を考えてみてくれ」と頼んだ。

源田は大西の十二期後輩で、もともとは戦闘機乗りである。かつて彼が指揮する戦闘機隊は息をのむようなアクロバット飛行を見せ、「源田サーカス」とたたえられた。

しかし源田は大西とちがい、バカみたいにヌケたところがなく、きちんと海軍大学校を卒業して、出世コースのキップを握っている。見るからに鷹のような風貌をしていて、いうことやることが鋭角的である。そのため、いかにも頭が切れて、気位の高い野心家という印象を与える人物であった。

しかし、非凡な才気があり、また、よく目立った。

源田は大西に同調して、海軍本流の「大艦巨砲主義」をたたきつぶし、「航空主兵主義」を海軍の本流にしようとしていた。

大西はそういう源田をかっていた。

昭和十三年には、大西と源田は「空威研究会」というゼミナールをつくった。あるとき大西は会の席で発言した。

「海軍の帽章に錨があるうちはダメだ。あれは飛行機かプロペラにしなければいかん」

日米戦開始後でも、

「日本海軍は日露戦争のときの連合艦隊思想とちっとも変わっておらん。あぶなくて見ちゃおれん」

と、あたりかまわず山本連合艦隊の作戦をこきおろした。

源田はつぎのようなことを放言して、海軍部内、とくにテッポー屋（註・砲術科）をカッカとさせた。

「世界に三大無用の長物がある。エジプトのピラミッドと、中国の万里の長城と、日本の戦艦大和である」

もっとも、この発言は、虎の威を借る狐の感もなくはない。

というのは、そのころの海軍第一の実力者山本五十六も、また山本と同志の井上成美《しげよし》も、さらに海軍航空代表の大西も、「戦艦無用・航空主兵」論者だったからである。

ともかく、このような大西、源田を山本はかった。さきに抜擢された黒島と、大西、源田は、それぞれタイプも才能もちがうが、ありきたりではなく、型破りで目立つというところはおなじであった。

大西と源田は、ひとまず、十日間ぐらいで第一回の計画書を書いて提出し、そのあと練り上げていく。

ところが、九月ごろになると大西は、一航艦の参謀長草鹿龍之介に説得され、ハワイ作戦は危険が大きく、利が少ないという考えを強くするようになった。

大西の意見は、

「ハドソン河で観艦式がやれぬ状況で対米戦をやるならば、ハワイ奇襲攻撃などをやって、アメリカを無用に刺激すべきではない。太平洋で戦って、まっさきに空母をつぶすべきだ」

というものに変わったのである。

草鹿の考えは、その著『連合艦隊参謀長の回想』（光和堂）によると、つぎのとおりである。（註・のちに連合艦隊参謀長となる）

――（前略）いずれにしても、第一作戦としての真珠湾攻撃はあまりにも投機的である。すなわち、ハワイまで直距離にして三〇〇〇浬《かいり》あまり。遠く本土を離れて敵の懐に飛びこみ、輸贏《ゆえい》を一挙に決しようというのであるが、そのためには敵の意表に出なければ成功しない。それには機密保持が第一要件であり、だれもが不可能と信じているところを断行するだけに、その困難さは想像以上のものがある。

さらに参加するものは当時わが海軍の精鋭中の精鋭であり、また空母六、戦艦二、巡洋艦三、駆逐艦九、潜水艦三、油槽船八という大部隊である。

（中略）国家の興亡をこの一戦に賭けるということは、あまりに投機的すぎるというべきである。

（中略）私は真珠湾攻撃計画の張本人である大西少将とその後数回にわたってこの問題について研究論議した。彼は兵学校は私の一期上であったが、生徒時代からお互いに意気投合するものがあり、私が航空界にはいってからもなお腹蔵なく語り合う間柄であった。

あとのことであったが、この真珠湾攻撃について相当激論したが、彼もだんだん私の意見に耳を傾けるようになり、ついに私の考えに同意するにいたった。

もちろん、これらのことは、私の直属長官である南雲《なぐも》忠一中将に、大西少将はその長官である第十一航空艦隊（基地航空部隊）司令長官である塚原二四三《にしぞう》中将に、それぞれ事情を伝えて、同意をえていた――

草鹿は、大正二年に海軍兵学校を百十八名中十四番で卒業した。大正十五年に海軍大学校卒業後、霞ヶ浦海軍航空隊に入った。少佐のときである。昭和三年に軍令部の航空参謀となり、それから海外駐在、艦隊勤務を経て、昭和十三年四月から十四年十一月まで軍令部第一課長として作戦を担当した。そのあと空母「赤城」艦長、パラオ島基地航空隊の第二十四航空戦隊司令官を経て、第一航空艦隊参謀長になったものである。

まともな紳士タイプの人柄で、それだけにやや線が細く、度胸やしぶとさに不足するが、才能・経歴からして、適材といえるものであった。

この草鹿が、十月上旬のある日、大西と語らって山本を訪ね、ハワイ作戦を中止してくれるように、縷々《るる》意見具申をした。

そのもようを草鹿は、前記の著書につぎのように書いている。

――そこである日、大西少将と私は旗艦に山本長官を訪ね、忌憚《きたん》のない意見を開陳した。あるときは勢いのあまり失礼な言葉をはくこともあったが、私の意見に終始黙々として真剣に耳を傾けられた。列席している幕僚は参謀長宇垣纒少将以下一、二名であったが、いずれもひとことも発せず傾聴した。

長官は、

「僕がブリッジや将棋が好きだからといって、そう投機的、投機的というなよ」

と軽く応じ、最後に、諸君の説くところはまさに一理ある、といわれたほかはなにもいわれなかった。すでに不動の決意をされていたのである。私が旗艦を辞するとき、長官自らが異例にも私を舷門まで送って来られ、背後から私の肩をたたき、

「草鹿君、君のいうことはよくわかった。しかし、真珠湾攻撃は、最高指揮官たる私の信念である。今後はどうか私の信念を実現することに全力を尽くしてくれ。そして、その計画は全部君に一任する。なお南雲長官にも君からその旨伝えてくれ」

と、誠実を面に現わしていわれたのである。この瞬間、私はこの長官のために全智全能を尽くそうと心中ふかく誓ったのである。

「今後、反対論はいっさい申しあげません。全力を尽くして長官のお考えの実現に努力いたします」

と、答えて「赤城」に帰ったのである。

（中略）

私は帰艦後ただちに南雲長官に報告するとともに、首席参謀の大石中佐と作戦参謀源田実中佐を招いて研究を命じたのであるが、源田中佐はそのとき初めて知ったようなそぶりをしていた。（後略）——

こうして山本は、実戦部隊でのカナメの二人を、「理論」ではなく「信念」というもので屈従させてしまった。

これは一見よかったようだが、理論に裏打ちされた意志統一ではなかったために、のちに

その矛盾が表面化してくる。

十月十一日には、図上演習のために「長門」に参集した各級指揮官五十人を前にして、山本は、つよい口調で申しわたした。

「私が連合艦隊司令長官であるかぎり。ハワイ作戦はやる」

異論は一切許さないというものであった。

この日の日付で山本は、兵学校同期で予備役中将の堀悌吉《ほりていきち》に手紙を書いた。

——（前略）

二、大勢は既に最悪の場合に陥りたりと認む。（中略）之が天なりとはなさけなき次第なるも、今更誰が善《よ》いの悪いのと言った所で始らぬ話也。

独使至尊憂社稷《しやしよく》の現状に於ては、最後は聖断のみ残され居るも、夫《そ》れにしても今後の国内は六かしかるべし。

三、個人としての意見と正確に正反対の決意を固め、其の方向に一途邁進《まいしん》の外なき現在の立場は誠に変なもの也。之も命といふものか。

（後略）——

堀は兵学校を首席で卒業し、のちに海軍省軍務局長となり、ロンドン海軍軍縮会議のときは、条約締結のために働いた。そのため、加藤寛治大将ら艦隊派に目の敵とされ、昭和九年十二月に、大角岑生《おおすみみねお》海相の手で予備役に編入された。堀は、山本が生涯で最も心を許した友人である。

この手紙には、山本の胸中の矛盾がありのままにさらけ出されているが、どちらかといえば、対米戦は避けられないと見て、戦う決意を固めはじめている様子が見られる。

その五日後の十月十六日には、いきづまった近衛内閣が総辞職し、翌十七日には東条内閣が出現した。

柱島泊地の「長門」艦上で、緊迫した政変を見ていた山本は、いよいよ真珠湾への大規模空襲の肚《はら》を決め、十月十九日に、またも黒島先任参謀を軍令部へ派遣した。

ハワイ作戦での戦果を徹底させるために第一線空母「赤城」「加賀」「蒼龍」「飛龍」「瑞《ずい》鶴《かく》」「翔鶴《しょうかく》」の六隻を投入したいと申し入れさせたのである。

しかし、作戦担当の富岡第一課長らは、もうれつに反対した。

「軍令部は全海軍作戦を大局的に見て、まず南方要域の確保に重点をおいている。そのためにハワイ作戦には空母三隻までしか割くことができない。三隻でやってもらいたい」

ところが黒島は、ここで、

「連合艦隊案が通らなければ、山本長官は辞職するといっておられる」

と、ついに奥の手を出した。

富岡は、山本の進退と戦略・戦術は別なものである、そのようなおどしで我を通そうなどとはもってのほかであると、なお反対の姿勢をくずさなかった。

しかし、軍令部次長の伊藤と、第一部長の福留は、山本とのつきあいが深く、強硬な反対ができなかった。

そこで伊藤は、軍令部総長の永野に判断してもらうことにした。すると永野は、

「山本がそれほど自信をもっているなら、やらせてみようじゃないか」

と、あっさりこたえたのである。

もし永野に、対米作戦についての見識と所信があれば、この山本案は受け入れなかったにちがいない。そういうものがなかったのであろう。

こうして山本は、連合艦隊司令長官で、なお軍令部総長以上の存在となった。

日露戦争まえに、山本権兵衛《ごんべえ》が辞職を迫った日高壮之丞《そうのじょう》常備艦隊司令長官を連想させる。

しかし、権兵衛ほどの大臣、総長がいないために、山本はひきつづき連合艦隊司令長官にとどまることになった。

ほんとうのところは、この時点で、山本が長官を辞任した方が、海軍にとっても、山本にとってもよかったと思われる。

永野が山本案を受け入れないことで、山本が長官を辞職したら、その後の海軍はどうなっていたであろうか。

もともと賛成者などひとりもいない真珠湾攻撃は取り止めとなったにちがいない。

そして山本は、ある意味では肩の荷をおろした気持になれたと思うのである。

発足した東条内閣では、東条とウマが合いそうな嶋田繁太郎が海軍大臣となった。

そのいきさつについては、元連合艦隊参謀の千早は、戦争末期に連合艦隊司令長官であった豊田副武《そえむ》大将に、日吉の司令部で、こう聞いている。

——及川は自分の後任として、豊田、嶋田という順に考えて、伏見宮に申し上げた。

すると伏見宮は、

「順序がちがうだろう」

といわれた。

それでも及川は、自分の人事権を使って、呉鎮長官であった豊田をよび、海軍大臣をひきうけてくれるように話した。

豊田は聴いた。

「首相は誰ですか」

「東条英機だ」

「私はカーキ服（註・陸軍軍服はカーキ色）は嫌いだからつとまりませんよ」

これで豊田海相案は立ち消えとなり、嶋田海相が実現した——

この豊田副武は兵学校第三十三期で、嶋田の一期後輩である。

嶋田は東条にきわめて協調的であった。それだけに日米戦は必至となった。

それを見た山本は、十月二十四日付で、嶋田宛てに、これまた有名な手紙を書いている。

——（前略）さて此度は容易ならざる政変の跡を引受けられ御辛苦の程深察にたへず、専心艦隊に従事し得る小生等こそ勿体《もったい》なき次第と感謝致居候

然《しか》る処《ところ》年来屢々《しばしば》図上演習竝《ならび》に兵棋演習等を演練せるに、要するに南方作戦が如何《いか》に順当に行きても、無理にも完了せる時機には甲巡以下小艦艇には相当の損害を見、殊に航空機に至りては毎日三分の二を消費し（あとの三分の一も完全なものは殆《ほとん》ど残らざる実況を呈すべし）、所謂《いはゆる》海軍兵力が伸び切る有様と相成る処多分にあり、而《し》かも航空兵力の補充能力はなはだしく貧弱なる現状に於ては、続いて来るべき海上本作戦に即応すること至難なりと認めざるを得ざるを以《もっ》て、種々考慮研究の上、結局開戦劈頭《へきとう》有力なる航空兵力を以て敵本営に斬込み、彼をして物心共に当分起《た》ち難き迄《まで》の痛撃を加ふる外なしと考ふるに立至り候次第に御座候。

米将キンメルの性格及最近米海軍の思想と観察より、彼必ずしも漸進正攻法のみに依《よ》るものとは思われず、而《しか》して我南方作戦中の皇国本土の防衛実力を顧慮すれば、真《まこと》に寒心に不堪《たえざる》もの有之《これあり》、幸に南方作戦比較的有利に発展しつつありとも、万一敵機東京大阪を急襲し、一朝にして此両都府を焼きつくせるが如き場合は勿論、さ程の損害なしとするも国論（衆愚の）は果して海軍に対して何といふべきか、日露戦争を回想すれば想半ばに過ぐるものあり

と存じ候。

聴く処によれば軍令部一部等に於ては、此劈頭《へきとう》の航空作戦の如きは結局一支作戦に過ぎず、且成否半々の大賭博にして、之に航空全力を傾注するが如きは以ての外なりとの意見を有する由なるも、抑《そもそ》も此中国作戦四年、疲弊の余を受けて米英華同時作戦に加ふるに、対蘇《そ》をも考慮に入れ、欧独作戦の数倍の地域に亘《わた》り、持久作戦を以て自立自衛十数年の久しきにも堪へむとする所に非常の無理ある次第にて、此《これ》をも押切り敢行、否大勢に押されて立上らざるを得ずとすれば、艦隊担当者としては到底尋常一様の作戦にては見込み立たず、結局、桶狭《おけはざ》間《ま》とひよどり越と川中島とを併せ行ふの已《や》むを得ざる羽目に追込まれる次第に御座候。

此辺の事は当隊先任参謀の上京説明により、一応同意を得たる次第なるも、一部には主将たる小生の性格竝《ならび》に力量などにも相当不安をいだき居る人々も有るらしく、此の国家超非常時には個人の事など考ふる余地も之無《これな》く、且つ元々小生自身も大艦隊長官として適任とも自任せず、従って曩《さき》には（昨十五年十一月末）総長殿下竝に及川前大臣には、米内大将起用を進言せし所以《ゆえん》に有之候へば、右事情等十分に御考慮ありて大局的見地より御処理の程願上候。

（註）一、昨年十一月には、将来連合艦隊と第一艦隊とを分ける際には、自分は第一艦隊長官で良いから、米内大将を是非起用ありたし（将来は総長候補としても考慮し其の準備上も）と進言せり。

及川氏は一時賛成、殿下は米内は復活軍参とし、又自分の後釜とするは賛成なるも連合艦隊は山本ヤレと云はれ候。

二、連合艦隊戦策改正の際、劈頭《へきとう》航空作戦の件を加入せる際の小生の心境は、此《こ》の作戦は非常に危険、困難にて敢行には全滅を期せざるべからず（当時は一個航空戦隊に一個水雷戦隊位で飛び込む事も考へ居れり）万一、航空部隊方面に敢行の意気十分ならざる場合には、自ら航空艦隊長官拝受を御願ひし、その直率戦隊のみにても実施せんと決意せる次第にて御座候。その際にはやはり、米内大将を煩はす外《ほか》無からむと考《かんがえ》居りし次第に候。

以上は結局小生技倆不熟の為、安全蕩々《とうとう》たる正攻的順次作戦に自信なき窮余の策に過ぎざるを以て、他に適任者有らば欣然《きんぜん》退却躊躇《ちゆうちよ》せざる心境に御座候。

尚大局より考慮すれば日米英衝突は避けられるものなれば此《これ》を避け、此際《このさい》隠忍自戒、臥薪嘗胆《がしんしようたん》すべきは勿論なるも、それには非常の勇気と力とを要し、今日の事態にまで追込まれたる日本が果して左様に転機し得べきか、申すも畏《かしこ》き事ながら、ただ残されたるは尊き聖断の一途のみと恐懼《きようく》する次第に御座候。

何とぞ御健在を祈り上候。敬具――

この文面のうち、（註）の復活軍参というのは、現役に復活して軍事参議官になるという意味である。米内は、総理大臣に就任したときから予備役となっていた。

ふたたび、気づいたことを述べたい。

戦略、資源地域の南方作戦を無理にも完了させるとすると、出撃する航空機は毎日その三分の二が失われ、あとの三分の一も完全なものはほとんどなくなる。そして海軍兵力が伸び切って、余裕がまったくなくなるだろう。ところが航空兵力の補充能力ははなはだ貧弱で、必要なだけの航空機も搭乗員も補充できないから、きたるべき海上本作戦に間に合いそうもない。

だから、開戦と同時に、海上本作戦に出てくるはずの米主力艦隊に、わが有力な航空兵力で、アメリカが物心ともに当分起《た》ち上がれないほどの痛撃を加えるほかはない。

というこのくだりでは、一月に及川に書いたものより、狙いを下げている。

前は、「米国海軍および米国民をして救うべからざる程度にその士気を沮喪《そそう》せしむる」であった。ところがここでは、「彼をして物心共に当分起ち難き迄の痛撃を加ふる」となっている。

及川への手紙は、誇大妄想であったと気づいたのであろう。しかし、トーンダウンしたこんどの狙いでも、実際にそのとおりになると思っていたとしたら、まだ希望的観測がつよすぎるようである。

それとは逆に、米国機動部隊による日本本土空襲で全国が大騒ぎになることをひどく恐れている。

かつて日露戦争中の明治三十七年七月、ロシアのウラジオ艦隊の軍艦三隻が日本本土に接近したことがあった。すると日本中が蜂の巣をつついたようになり、ウラジオ艦隊制圧の任務についていた第二艦隊司令長官上村彦之丞《かみむらひこのじょう》中将の私宅に群衆が押しかけ、罵声とともに手当り次第に投石をした。

山本はこの事件に、なぜか異常ともいえるほどのショックをうけていたのである。

「桶狭間とひよどり越と川中島とを併せ行ふの已《や》むを得ざる羽目に追込まれる次第」という表現は、正常ではなく、熱にうかされている感じがする。

取りようによっては、織田信長、源義経、上杉謙信の三人を合わせたような奇襲大作戦を、自分がやってみたくてたまらないともうけとれる。

あと、適当な人物がいれば、自分は喜んで退陣するとか、御聖断を仰いでも日米英衝突は避けてもらいたいと述べているが、いずれもつけたしていいどと思われる。

要するに山本は、大航空兵力でハワイの米国艦隊をたたけば、アメリカは物心ともに当分起ち上がれなくなり、南方作戦はスムーズにいくし、日本本土も空襲されないですむということを強調したかったのであろう。そして、その奇襲大作戦は俺がやるというわけである。

けっきょく嶋田は、(山本は、戦争反対のようなことをいっているが、真珠湾攻撃という大バクチを打ってみたいようだ)と見たらしく、山本に、

「ハワイ作戦けっこう。貴様がやってくれ」

と、こたえる。

山本は、連合艦隊司令長官になってからは、対米不戦を主張しつづけたが、態度はその職を賭すほどのことはなく、むしろ真珠湾攻撃に熱中した。そして、真珠湾攻撃を自分の思いどおりにさせなければ辞職すると、この方に職を賭したのである。

ともかく、山本が真珠湾攻撃計画を強引におしすすめたことは、対米戦開始へ陰の加担をしたことになるといえそうだ。

開戦決定と愛人への手紙

昭和十六年十一月一日には、東条内閣における歴史的連絡会議（註・首相、外相、蔵相、陸相、海相、陸軍参謀総長、同次長、海軍軍令部総長、同次長による）が開かれた。

種々論議の末、つぎの考案が決定された。

一、対米英蘭戦争を決意し、武力発動の時機を十二月初頭と予定して作戦準備を完整する。

二、外交は十二月一日零時まで続行し、同時までに外交成功せば武力発動を中止する。

この連絡会議の論議のなかで目立つのは、永野の早期開戦論である。永野は、燃料その他が乏しくなってから「戦え」といわれることを恐れていた。長期戦で勝つみこみがなければ「勝てない」といえばいいはずだが、彼もそういいきることができない人物だったのであろう。

こうしてみると、多くの日本海軍首脳著たちは、国の大事と海軍もしくは自分の名利を秤《はかり》にかけた場合、海軍もしくは自分の名利を優先させていたように思われる。

山本は、日米戦を阻止するために連合艦隊司令長官の職を賭すことができなかった。東条内閣の海相として日米戦に同意する嶋田は、「東条の副官」とカゲ口をたたかれるほどになる。

このような欠陥は、どうすれば克服できたかといえば、適材適所の人事を断行するしかなかったという気がする。

たとえばの話だが、海軍大臣山本五十六、同次官井上成美《しげよし》、軍令部総長米内光政《よないみつまさ》、同次長伊藤整一、第一部長福留繁《ふくとめしげる》、連合艦隊司令長官嶋田繁太郎、参謀長山口多聞《たもん》、先任参謀富岡定俊といったようにでもしたらどうであったろうか。それぞれ矛盾を持たずにフルに力を発揮し、海軍の意志統一もできたのではないかという気がする。

そのようなことができなかった。できなかったために、矛盾だらけの体制が、陸軍その他の圧力に押しまくられ、将来の見通しも悪いまま、ずるずる日米戦に流されていく。

日露戦争前の海軍と、日米戦争前の海軍とくらべて、最もちがうところは、昭和の海軍には定見というものがなく、そのせいもあって、重要人事がまるで不適切であったというところにあると思われる。

しかし、米内、山本、井上などは、中央の要職についていれば、陸軍のまわし者や右翼に暗殺されたのではないかという説がある。だが、それは、たとえそうであったにしても、戦場で死ぬのとおなじであろう。

また、陸軍が二・二六事件のように叛乱《はんらん》を起こしたり、あるいはクーデターをやったかもしれないという説もある。

それについては、首相当時、二・二六事件で危うく殺されかかった元海軍大将の岡田啓介はこういっている。

「この際戦争に入るのは慎むを要する。国内問題は決心一つでどうでもやれる。外国関係にてヘマをやると、国家百年の患ひとなる」

また、新名丈夫編『海軍戦争検討会議記録―太平洋戦争開戦の経緯―』（毎日新聞社）のなかに、井上成美のきわめて激烈な発言が記録されている。この会議は、海軍生き残りの最高首脳者が集まり、昭和二十年十二月から二一月にかけて四回行なわれたもので、〝特別座談会〟と称されていた。

ここに掲げるのは、そのごく一部で、出席者も一部のものである。

まず「三国同盟」についての討論について。

――（前略）

豊田　当時陸海軍の対立、極度に激化し、陸軍はクーデターを起こす可能性あり。ひいては国内動乱の勃発を憂慮せられたり。何といっても軍の両輪、股肱《ここう》の皇軍として、かかる事態は極力さけねばならぬ。

及川　真に然り。

井上　先輩を前にして甚だ失礼ながら、敢《あえ》て一言す。

過去を顧るに、海軍が陸軍に追随せし時の政策は、ことごとく失敗なり。二・二六事件を起こす陸軍と仲よくするは、強盗と手を握るが如し。

同盟締結（註・三国同盟）にしても、もう少ししっかりしてもらいたかった（註・反対し抜いてもらいたかった）。陸軍が脱線する限り、国を救うものは海軍より他にない。内閣なんか何回倒してもよいではないか。（註・海軍が反対すれば、閣議がまとまらず、内閣総辞職となる）

二・二六の時、私は米内長官の下、横須賀鎮守府参謀長で、陸軍が生意気なことをやるなら、陛下に「比叡《ひえい》」（註・お召艦）に乗っていただく積りで、東京にも直ちに陸戦隊を出し、もし陸軍が海軍省を占領し、中央がだめになったら、長官に全海軍を指揮してもらって、陸軍に対抗する決心なりき。（後略）——

ここに出てくる氏名は左の通り。

豊田＝豊田貞次郎、兵学校第三十三期、及川海相の初めの次官、のちに大将。

及川＝及川古志郎、兵学校第三十一期、海軍大臣、大将。

井上＝井上成美、兵学校第三十七期、軍務局長、航空本部長、第四艦隊司令長官、海軍兵学校長、海軍次官、のちに大将。

つづいて、日米戦に対する和戦の決について。

――（前略）

沢本　近衛手記に、海軍は和戦の決を首相に一任せりとありしが、当時の空気は現在と全く異なり、「海軍は戦えない」などいい得る情勢にあらざりき。その理由は、

㈠海軍存在の意義を失う。

㈡艦隊の士気に影響す。

㈢陸海の物資争奪、陸軍は「戦えざる海軍に物資をやる必要なし」といえり。

㈣統帥部（註・陸軍参謀本部と海軍軍令部）としては、両軍分かれるは不可。表面のみにても、一致せざるべからずという空気ありき。

ただし「海軍は戦えぬといってくれないか」と、陸軍よりいわれしこともあり。

井上　陸海軍相争うも、全陸海軍を失うより可なり。なぜ男らしく処置せざりしや。如何にも残念なり。（註・日米戦で全陸海軍を失った）

及川　私の全責任なり。

（中略）さような関係にて、東条より申し込みありし際も（註・「海軍は戦えぬといってくれないか」と）、海軍としては返事すべきにあらず、首相解決すべきものなりといえり。即

ち海軍としては、近衛に一任せしにあらずして、近衛を陣頭に立てんとせしものなり。（註・昭和十六年十月十二日、荻外荘《てきがいそう》においての五相会議での及川発言について）

井上　近衛さんがやられるべきなるが故にやらざりしか。近衛さんはやる気ありしや。また出来ると思われしや。（註・日米戦はやらない、外交交渉一本で進むという方針を近衛が決定できると思うか）

及川　首相が押さえ得ざるものを海軍がおさえ得るや。（註・陸軍の開戦論を海軍は押さえられない）

井上　内閣を引けば可なり。伝家の宝刀なり。また作戦計画と戦争計画は別なり。なお不可なれば、総長をかえれば可なり。（註・海軍大臣が辞職して代わりを出さなければ内閣は総辞職となる。陸軍はよくこの手を使って、陸軍の意志を強引に通した。また、永野軍令部総長が早期開戦を主張するが、あれは海軍の作戦上のつごうをいっているにすぎない。それでも開戦を主張するなら、総長を交替させるべきだ）

沢本　撤兵問題に関し、六人会議〈大臣、総長、次官、次長、軍務局長、第一課長の会議〉にて、及川大臣が「いよいよとならば陸軍と喧嘩する心算なり」といわれしに、永野総長は「それはどうかな」といわれたるため、大臣の決心鈍りたり。海軍も必ずしも団結しおらざりき。（註・陸軍が中国、仏印から全面撤兵をするように及川海相が主張しようとした）

井上　大臣は人事権を有す。総長をかえれば可なり。

及川　内閣を投げ出せり。

井上　戦争反対と明確にされしや。その手を出すべきなりき。

（後略）――

ここに出てくる氏名は左の通り。

沢本＝沢本頼雄、兵学校第三十六期、及川海相と嶋田海相の海軍次官、のちに大将。

井上＝井上成美。

及川＝及川古志郎。


ところで、それならば、もしこのとき日米戦をやらなかったら、どうなったかということである。

暗殺、暴動、内乱などが続発して、かなり長いあいだ、ひどい状態になったかもしれない。

しかし、日米戦をやったよりは、はるかにましだったにはちがいない。

やがて、陸軍が頼りにしていたドイツもイタリアも敗色濃厚となる。せめて昭和十八年いっぱい戦わないでいれば陸軍も、ドイツ、イタリアをアテにしていたことがまちがいだったと気づいたにちがいない。米英とは戦争をしない方がいいと思うようになったのではあるまいか。

十一月一日の十六時間余にわたる連絡会議の末、「帝国国策遂行要領」というものが決定された。

一、帝国は現下の危局を打開して自存自衛を完《まっと》ふし大東亜の新秩序を建設する為此の際対米英蘭戦争を決意し左記措置を採る。

㈠武力発動の時機を十二月初頭と定め陸海軍は作戦準備を完整す。

㈡対米交渉は別紙要領に依り之を行ふ。

㈢独伊との提携強化を図る。

㈣武力発動の直前泰（註・タイ国）との軍事的緊密関係を樹立す。

二、対米交渉が十二月一日午前零時迄に成功せば武力発動を中止す。

（後略）

この連絡会議の決定事項は、十一月五日の御前会議で正式に承認された。

これにもとづいて、永野軍令部総長は山本連合艦隊司令長官に、必要な命令、指示を行なった。山本は、十一月五日付で、連合艦隊命令作第一号を作成し、各部隊に命令を下した。

第一章　作戦要綱

一、東方ニ対シテハ米国艦隊ヲ撃破シ且東洋ニ対スル米国ノ作戦線及補給線ヲ遮断ス。

二、西方ニ対シテハ英領馬来方面ヲ攻略シ英国ノ東洋ニ対スル作戦線、補給線及「ビルマルート」ヲ遮断ス。
三、在東洋敵兵力ヲ撃滅シ其ノ作戦拠点ヲ奪フト共ニ資源地ヲ獲得ス。
四、要地ヲ攻略拡大、防備ヲ強化シテ持久作戦ヲ確保ス。
五、敵兵力ヲ邀撃《ようげき》（註・迎撃）撃滅ス。
六、戦果ヲ拡大シ敵ノ戦意ヲ奪フ。

「東方ニ対シテハ……」は、航空艦隊による真珠湾攻撃のことである。五は、日本海軍伝統の迎撃戦法による艦隊決戦である。

連合艦隊の最終的な作戦打ち合わせ会は、十一月十三日に、岩国海軍航空隊で緊張した雰囲気のなかで行なわれた。

山本は、日本は、十二月八日に米英蘭と戦争を開始する予定であると各艦隊の長官、司令官らに伝えた。そのあと、

「ワシントンで行なわれている日米交渉が成立した場合には、十二月七日午前一時までに行動部隊に引き揚げを命ずる。その命令を受けたならば、直ちに反転、帰航してもらいたい」

とつけ加えた。

すると、機動部隊の最高指揮官南雲《なぐも》中将その他二、三の指揮官から、それは実際問題として実行できない無理な注文だという反対意見が出た。とたんに山本は、

「百年兵を養うは、何のためだと思うか。もしこの命令を受けて帰られぬと思う指揮官があるならば、ただいまから出動を禁止する。即刻辞表を出せ」

と、高飛車にどなりつけた。ここで一人ぐらい辞表を出す指揮官がいるようなら、日本海軍もたいしたものだが、そういうのはいなかった。権力者が威嚇《いかく》すれば、下の者がおしだまるのは、どこの社会でもおなじである。

山本は、自分でこうと思うことにぽんぽん反対されるのを、よほど嫌ったらしい。

また、この席上での山本の名文句が、もうひとつ伝えられている。

「全艦隊の将兵は本職と生死を共にせよ」

というものである。もちろん誰も文句をいう者はいなかったようだが、抵抗も感じずに聞いたのであろうか。

山本が航空艦隊を直率して、全滅を期して真珠湾になぐり込みをかけ、米国海軍と米国民をふるえ上がらせるというなら、この言葉も重みがあったろう。しかし、山本は、安全な瀬戸内海の戦艦の上に残るのである。

桶狭間の織田信長も、ひよどり越の源義経も、川中島の上杉謙信も、主将がまっさきに敵陣に斬り込んで行った。日本海海戦の東郷平八郎もおなじであった。ところが山本は、及川

と嶋田への手紙には書いたが、実際にはそうはしなかった。

十一月二十六日には、南雲が指揮する第一航空艦隊を基幹とする機動部隊は、千島列島の択捉《エトロフ》島単冠《ヒトカップ》湾を出港し、北太平洋をハワイへ向かった。

十二月一日には、宮中千種《ちぐさ》の間《ま》で御前会議が開かれ、ついに対米英蘭開戦が正式に決定された。この日山本は、嶋田海相の電報を受けて、上京していた。

翌二日の午後五時三十分、山本の名前で、

「新高山ノボレ　一二〇八」

という電報が、連合艦隊各部隊宛てに発せられた。十二月八日に開戦という意味の暗号電報であった。

翌十二月三日、山本は参内して天皇に拝謁し、出師《すいし》の勅語を賜わった。

その夜、山本はまえぶれもなく、何ヵ月ぶりかで青山南町の自宅に帰って泊まった。

四日は海軍大臣官邸で、午前九時から嶋田海相主催の、山本に対する壮行会が開かれた。

そのあと山本は、愛人の新橋芸者梅龍の家に行き、数時間をすごしている。梅龍は本名河合千代子といい、山本よりも二十歳年下の色っぽい女性で、ある財界人をパトロンとしていた。山本はそれを知っていて、昭和九年夏から深い仲となった。パトロンの財界人もそれを知っていたが、どういう考えからか、なにもいわなかったそうである。

山本にこのような女性がいたことは、『週刊朝日』が、昭和二十九年四月十八日号で、千代子の談話と山本の手紙をその証拠としてスッパ抜いたために、周知の事実となったのである。

その日山本は午後三時発の特急富士に乗り、翌朝、宮島口から柱島泊地の「長門」にもどった。もどってから、千代子宛てに、つぎの手紙を書いている。

「此の度は、たった三日で、しかもいろいろ忙しかったので、ゆっくり出来ず、それに一晩も泊れなかったのは残念ですが、堪忍して下さい。それでも、毎日寸時宛《づつ》でも会へてよかったと思ひます。出発の時は、折角心静かに落着いた気分で立ちたいと思ったのに、一緒に尾張町（註・銀座四丁目）まで行くことも出来ず残念でした。

（中略）薔薇《ばら》の花はもう咲ききりましたか。その一ひらが散る頃は嗟呼《ああ》。

どうかお大事に、みんなに宜敷。写真を早く送ってね。左様なら」

そのころ、南雲艦隊はじめ連合艦隊の各部隊は、予定の戦場に接近しつつあった。

山本は、「全艦隊の将兵は本職と生死を共にせよ」といって部下の将兵を死地に向かわせたが、それとこの愛人への手紙の関係はどうなのであろうか。

どちらも山本の本心だというういい方もあるかもしれない。しかし、戦場に向かいつつある将兵が、山本がこういう手紙を女に書いていると知ったならば、どう思うであろうか。

錯誤にすぎなかった真珠湾の戦果

　昭和十六年十二月八日未明、南雲《なぐも》機動部隊の航空部隊は真珠湾の米太平洋艦隊に、訓練どおりに突撃した。

　日本時間の午前三時十九分、淵田総指揮官機が発した「ト、ト、ト、ト、……」という「全軍突撃セヨ」の無電は、柱島の「長門」電信室でも明瞭に聴取することができた。つづいて、「トラ、トラ、トラ」という「ワレ奇襲ニ成功ス」の無電も聴取できた。

　佐々木航空参謀から報告を聴いた山本は、一言も口をきかず、黙ってうなずいただけであったという。

　しかし、のちのことになるが、山本は、柱島に帰還してきた淵田中佐に、自ら揮毫《きごう》の一軸を贈っている。

　題　淵田指揮官の活躍

突撃の電波は耳を劈《つんざ》きぬ
三千浬外の空ゆ
昭和十六年十二月八日　山本五十六

かった。
ハワイ空襲の戦果は、日本中があっと驚くほど多大であり、わが方の損害はきわめて少な
撃沈または完全破壊　戦艦アリゾナ、オクラホマ、標的艦ユタ、駆逐艦カッシン、ダウンズ。
大破　戦艦ウエスト・バージニア、カリフォルニア、ネバダ、敷設艦オグララ、駆逐艦ショー。
中小破　戦艦テネシー、メリーランド、ペンシルバニア、巡洋艦ヘレナ、ホノルル、ラレー、工作艦ベスタル、水上機母艦カーチス。
航空機喪失　米陸軍機九十六機、米海軍機九十二機。
航空機損傷　米陸軍機百二十八機、米海軍機三十一機。
戦死　米海軍・海兵隊二千百十二名、米陸軍二百二十二名。
負傷　米海軍・海兵隊九百八十一名、米陸軍三百六十名。
わが方の損害

航空機喪失　雷撃機五、急降下爆撃機十五機、戦闘機九機、計二十九機。
搭乗員戦死　五十五名。

なお、航空部隊の攻撃に呼応して、二人乗りの特殊潜航艇五隻が真珠湾突入を試みたが、この方は五隻とも未帰還となった。五隻のうち三隻は湾内侵入前に撃沈され、一隻はオアフ島東部に座礁した。残る一隻が湾内に侵入したが、攻撃不成功のままに撃沈された。これが「特別攻撃隊の九軍神」である。


このビッグニュースは全世界を驚愕させ、日本国民の大部分を歓喜させた。

しかし、日本軍に欺《だま》し討ちをされて大損害を受けたと聞いた米国民は、山本の狙いとはまったく反対に、憤激して日本への復讐《ふくしゅう》に立ち上がった。

「ノー・モア・パールハーバー」どころか、「トレッチャラス・スニーク・アタック、リメンバー・パールハーバー」という怒りに満ちた合言葉が全米を走り、急速に挙国の戦争体制がととのいはじめた。

もっともまずかったのは、対米最後通告の手交が、真珠湾攻撃開始より約一時間おくれたことであった。

野村、来栖《くるす》両大使から同通告を受け取ったハル国務長官はいった。

「自分の公職生活五十年の間、いまだかつて、このような恥ずべき偽りと歪曲とに充たされた文書を見たことがない」

野村、来栖は一言も言葉がなく、引き下がるしかなかった。

なぜこのようなことになったかといえば、駐米大使館の事務局員が、前夜十時で作業をやめて帰宅し、当日朝は暗号員が教会のミサに行き文書作成がおくれたためであった。もし最後通告手交が定められた時刻に行なわれていれば、真珠湾攻撃開始はその二十二分後となっていた。

しかし実のところは、ルーズベルトにしてもハルにしても、日本外務省の暗号電報を解読していて、日本がワシントン時間の午前一時に最後通告を手交しに来ることを知っていた。だから一時間おくれたということは、ルーズベルトやハルにとっては、米国民を対日戦に駆り立てるこの上ない口実となったのであった。

だが、駐米大使館事務当局の怠慢のために最後通告がおくれたことは事実としても、そのていどの誤差が生じることは事前に考えられていたのではあるまいか。三十分とか一時間ということは、最後通告手交がおくれるよりも奇襲成功が先決という判断に立っていたとしか思えない。

現代の言葉でいえば、考え方がセコいものであったという気がする。

ところで、真珠湾の米国太平洋艦隊は、甚大な損害を受けたというものの、それで米国海軍と米国民が、「救うべからざる程度にその士気を沮喪《そそう》する」ほど凄いものではなかった。真珠湾の水深は十二メートルしかなく、たいていの艦船は、沈んだといっても、海底に艦底を着けて、上部は水上に出ていた。

だから、アリゾナやオクラホマなどは使いものにならなくなったが、あとは二、三ヵ月で修理されて、復元したのである。

ここで一つ問題になっていることがある。攻撃が第一回で終わり、第二、第三回と反復して、重油タンクや工廠《こうしょう》をなぜ破壊しなかったかということである。

これについては、四年間山本の従兵長（当時、上等兵曹）をつとめた近江兵治郎が、興味深いエピソードを雑誌『プレジデント』の〝ザ・マン〟シリーズ「山本五十六」に書いている。

――じりじりと待つ中に、戦艦撃沈の第一報が入った。それを聞いたとたん躍り上がって胸を叩いて喜んだ参謀がいた。水雷参謀の有馬中佐であった。航空魚雷が戦艦を沈めたことは世界戦史でもいまだかつて例がなく、日本が初めてであった。しかも浅海の航空魚雷は落下と同時に海底にのめり込むことも予想されたが、これを克服したのだから、ひとり水雷参謀だけでなく、日本海軍の凱歌《がいか》であった。

だがその後、作戦室は異様な雰囲気に包まれていた。参謀長宇垣纏《うがきまとめ》少将を先頭とする「このままハワイに突入してアメリカ艦隊を撃滅せよ」という強行派と、先任参謀黒島亀人《かめと》大佐の主張する「戦争は今始まったばかりであり、これから長い戦争に、今艦隊に傷をつけることは利がない」として、このまま引返す組と二派に分かれ、長い時間激論が続いた。われわれの部屋はカーテン一枚を隔てている小さなところで、一言一句がみな耳に入ってしまう。宇垣参謀長の語気があまりに鋭く、黒島大佐の声も震えているようだった。山本長官は腕を組んだまま参謀のやり合いを見守って、ひと言も発しない。最後にひと言、

「帰ろう」

と言った。これが真夜中二時頃であった——

阿川弘之は『山本五十六』で、こう書いている。

——戦果を拡大すべき時と思われ、幕僚はほとんど全員一致で、機を失せず第二回ハワイ攻撃を開始せよという意味の命令をしたため、一同で山本に意見を述べた。

山本はしかし、

「いや待て、そりゃちょっと無理だ。泥棒だって、帰りはこわいんだから」

と言い、

「やれる者は、言われなくたってやるサ。やれない者は遠くから尻を叩いたって、やりゃしない。南雲じゃ駄目だよ」

とも言った。

（中略）山本自身、重油タンク相手の戦争にはあまり興味を湧かさなかったことの証左ではないであろうか――

山本から、「その計画は全部君に一任する」といわれていた、南雲機動部隊の中核、第一航空艦隊参謀長の草鹿《くさか》は、『連合艦隊参謀長の回想』で、

――やがて総指揮官機も着艦した。ニコニコしながら降りた淵田中佐を、直ちに艦橋に招いて戦況や戦果についての概報を受けた。空母二隻を逸したことはかえすがえすも残念であった。しかしまず物的にみても八分の戦果である。

またこの作戦目的は南方部隊の腹背擁護にある。機動部隊のたちむかうべき敵はまだ一、二にとどまらないのである。だからこそ、ただ一太刀と定め、周密な計画のもとに手練の一太刀を加えたのである。だいたいその目的を達した以上、いつまでもここに心を残さず、獲物にとらわれず、いわゆる妙応無方朕跡を留めず、であると、直ちに引きあげを決意した。

これについては、あとからいろいろ非難の声も聞いた。山本連合艦隊司令長官も、空母を逸したことに不満であったとか、なぜ大巡以下の残敵を殲滅《せんめつ》しなかったとか、工廠、重油槽を壊滅しなかったとか、戦力の主力である空母を徹底的に探し求めて壊滅していたら東京空襲はなかったとか、いろいろ専門的批判もあるが、私にいわせれば、この際、これらはいずれも下司《げす》の戦法である。

私はこのとき、なんの躊躇《ちゅうちょ》もなく南雲長官に意見をいって引きあげにとりかかった――と書いている。

そこで第二回攻撃を決行し、重油タンクや工廠を潰滅したとして、どれほどの効果があったかが問題となる。

たしかに、それをやれば、米国はこの点でも三、四ヵ月不自由したにちがいない。しかし、燃料は米本土からタンカーで運べば補給できるし、艦船の修理、整備も工作艦を使えばかなり間に合うのである。

要するに、物的にはそれほど決定的戦果とはならなかったというのがほんとうらしい。ただ、山本が当初に狙った米国海軍と米国民への心理的影響という点からすると、やはり執拗に、猛烈にやるべきであったようだ。

敵の寝込みを襲って、さっと斬りつけ、トドメも刺さず、あとはうしろも見ずに逃げるというやり方では、米国海軍も米国民も、日本海軍は卑怯なだけで、まともに勇猛果敢に戦うことはできない、恐るるに足りない相手だと感じたにちがいない。

山本は、かつて及川海相に宛てた手紙で、「全滅を期して」と書いた。ところが実際の攻撃は、要領がよくて逃げ足が速いものとなった。そのために米国海軍や米国民への心理的影響という点では、最後通告がおくれたということとともに、ずるさが目立ち逆効果になったと思われるのである。

第二回攻撃を行なわずに引きあげることにしたのは、前記のとおり、主として草鹿参謀長の意見による。そして、その意見は、彼の剣禅の思想から発している。

――戦国時代の上杉謙信であり、武田信玄であるならば、真箇透徹の名将として剣刃上を走っていささかの不安もなく、弾雨のなかに身を投じてひるむことがないのであるが、私どもはまだまだそうはいかぬ。いろいろ考えた末、ふと心に浮かんだのは、子供のときから習い覚えた無刀流剣道の型に五典というのがあり、そのなかに、金翅鳥王剣というのがある。金翅鳥の羽翅を天空一面にひろげたような心で、太刀を上段にとって敵を追いつめ、ただ一撃に打ち落し、そのまま元の上段に返るのであるが、その理の詮索は別として、この一手とこそ思いこんだのである。

（中略）いくど人知れず坐禅瞑想に耽ったことであった――

というものである。

これを見ると、アメリカと戦って勝つためにはどうしたらよいかということではなくて、自分としてはこういう戦い方が一番やりいいということである。

のちに、いろいろ批判を受けたことにたいして、草鹿は、「この際、これらはいずれも下司の戦法」であると、かなりムカッ腹を立てているが、草鹿のこの思想は、自分のスタイルに走りすぎている感じもする。

上杉謙信、武田信玄が出たから、そのエピソードを一つ紹介したい。

永禄四年（一五六一）八月十六日、謙信は西条山に陣を敷いていた。信玄は高坂、馬場、真田らに一万二千の兵を率いさせて、西条山の背後から謙信を襲撃させようとした。そうすれば謙信は川中島に押し出され、善光寺方面に逃げるにちがいない。その側面を信玄は直率の兵八千騎を以て殲滅《せんめつ》しようというのであった。

謙信は、張りめぐらした諜報《ちょうほう》網によってそれを察知し、機先を制して川中島の信玄の本営に斬り込むことにした。西条山を下るとき、謙信はいった。

「上策はわれしばしばこれを用いたり、中策は信玄つとに知りつらん、いでや下策にもの見せん」

そして、乗馬に枚《ばい》をふくませて、闇の千曲川を押し渡った。

というのである。出来すぎている話だが、戦いには時として、下司の戦法が恐るべき力を発揮するということがあるということだ。

開戦時、駐米大使館付武官であった横山一郎はこういう。

「日本の武道や相撲は近代戦に適さない。『メン』と打ったら終わりとか、土俵から足が出たら負けとか、そんなことが戦争に通用するわけがない。

アメリカやイギリスの競技は、野球でもフットボールでもボクシングでも、何回もやって、とことんまで戦って勝負を決する。相手が『参った』というまでやる。

また、負けていても、態勢をひっくり返すことができるような競技のやり方になっていて、戦争にも通用する。

日本の武道や相撲には、そういうものがない。日本海軍の図上演習にしても、四分五裂になった艦隊をどう立て直すかというようなことは、一度もやったことがない。

英国海軍には、ブルドッグ精神という伝統がある。日本海軍は英国海軍にならったのだが、そういう食いついたらはなさないしぶとい精神というものは受け継がなかった。そこが日本海軍の弱さになっている」

第四艦隊の航海参謀であった前記土肥一夫は、連合艦隊研究会で、草鹿の話を聴いた。

「前とうしろに敵がいる。その両方を倒すには、まず前に斬りつける。これはトドメを刺さないでいい。返す刀ですぐ、うしろの敵を斬る。これが居合いの極意だ」

これについて土肥はいう。

「前とうしろの敵を斬るのは一秒か二秒の間だ。真珠湾と、インド洋方面のイギリスは、前とうしろで一ヵ月も間がある。そんなものに居合いが適用できるのだろうかと思った」

もうひとつの問題は、敵空母を洋上に探し求めて撃沈すべきであったということである。

しかしこれも草鹿の思想、南雲の性格からいって、この二人にまかせているかぎりは無理であろう。

それよりも、それほど重大なことならば、事前に、かならず実行すべきこととして、厳達

してお くべきであった。

ところが、そんな命令はどこにも書いてないし、山本もいっていない。

大本営海軍部の作戦指導要領によると、

「機動部隊は奇襲攻撃後、直に避退し……」となっている。

連合艦隊命令では、

「空襲終らば機動部隊は全軍結束を固くして敵の反撃に備えつつ速かに敵より離脱し……」

となっている。

南雲機動部隊は、命令どおりに行動し、その目的を果したといえる。

山本は、かつて草鹿に、「計画は全部君に一任する」といった。それを、「泥棒だって、帰りはこわいんだから」とか、「やれない者は遠くから尻を叩いたって、やりゃしない。南雲じゃ駄目だよ」などといったのだとしたら、山本は軽口たたきの評論家ということになる。

ところで、この真珠湾攻撃は、決行してよかったといえるものか否かである。

草柳大蔵の『特攻の思想　大西瀧治郎伝』（文藝春秋）によると、海軍航空の代表というべき大西はつぎのようであった。

――大西は、開戦当初から、軍の作戦指導には批判的であった。

柏原《かいばら》中学の同窓生である徳田富二がアメリカから交換船で帰ってきたのを祝って、ささやかな歓迎会をひらいたことがある。昭和十七年九月末のことだ。その席上で、徳田が「ところで大西、真珠湾攻撃はあれでよかったのか？」とたずねると、大西は大きな身体をゆすって、言下に「いかんのだなあ」と答えた。

「あれはまずかったんだよ。あんなことをしたために、アメリカ国民の意志を結集させてしまったんだ。それがいま、海戦にあらわれてきつつある」

徳田は、豪快な大西が深刻な口調になっているのにおどろいて、それはどういうわけだ、と重ねて聞いた。大西が答える。

「おれは、山本（五十六）さんから真珠湾攻撃の意見を求められたとき、ハワイは機密の保持がむずかしいことと、港が浅くて魚雷が使えないことの二点を挙げて反対した（註・魚雷はのちに改良され、実用されて成功した）。やるんなら、太平洋で戦って、真先に空母を潰すべきだと意見具申した。しかし、山本さんは真珠湾を攻撃して、戦艦を叩いたんだ。山本さんの意見では日米両国民の間に戦艦に対する尊敬心があるから、戦艦を屠《ほふ》った場合の心理的効果が大きい、というんだ」――

元海軍中将で、昭和十八年六月から十九年十二月まで、作戦担当の軍令部第一部長をつとめた中澤佑《たすく》は、「真珠湾攻撃反対論」と題して、つぎのとおり書いている。（中澤佑刊行会編『海軍中将中澤佑』＝原書房）

――私は今日においても（註・昭和五十二年十二月二十一日死去。そのときまで）、なお真珠湾攻撃はしなかった方がよいと思っている。その理由は次の通りである。

一、わが海軍の対米戦争における戦略は、国力の関係上、速戦即決であった。これがためには、先ず米国アジア艦隊を撃滅して比島を占領し、米国世論をして米艦隊を西太平洋に進出せしめ、これを邀撃《ようげき》、撃滅するにあった。

然るに山本長官の方針、計画の如く米艦隊を真珠湾に奇襲して損害を与えることは、彼の出足を挫《くじ》き、その西太平洋進出を遅らせ、わが計画遂行を困難且つ不利にする虞《おそ》れが大である。

二、山本司令長官は、その奇襲により、米艦隊の西太平洋進出を遅延させて、その間に、わが方は、比島及び東南アジアの敵根拠地を破壊し、更に領土を占領して持久態勢を強化するとせられたが、米艦隊の進出を遅らせて、東南アジアを占領しても、戦争遂行のための資源は直に戦力とはならず、資源は必ず、日本本土に持ち来り、わが工業力により戦力化しなくてはならない。わが輸送力は一〇〇〇トン以上の船舶、約六〇〇万トン、しかも概ねその半量は、海陸軍に徴傭されて、物資輸送に充当し得る船舶は約三〇〇万トン、更にわが海軍の海上護衛兵力は僅かに台湾海峡以北輸送路を護衛するに足る寡少兵力を有するに過ぎずして、到底南支那海まで延伸することは不可能の状態であった。この点、連合艦隊の計画は我を知るものとは判断し得ないのである。

（中略）

三、開戦時の先制奇襲は大戦略の見地より、全世界各国に対し、我が方に不利なる印象を与える虞れ大にして戦争指導上不利なり、戦争は飽くまで大義名分を明確にし、相手国より仕掛けられた如く列国に印象、宣伝する必要がある。

（中略）

わが真珠湾攻撃により、米国は日本を挑戦国ときめつけ、戦争発起人であるとし、国内及び世界各国に宣伝し、「リメンバー・パールハーバー」の標語の下に挙国一致、総力戦態勢に転換、陸海空軍の飛躍的増大を開始した。特に航空機により戦艦を撃沈し得ることを確認、母艦を中心とする機動部隊の建設、基地航空兵力を重視させ、これがわが艦隊の作戦を苦しめるに至った結果となった。

また真珠湾攻撃では、敵空母は一隻も撃沈することができず（当日在泊しあらず）、且つ撃沈された戦艦は浅海のため、僅か二か月位で浮上、復旧してしまった。重油タンクも工廠も殆ど無きず。

また緒戦劈頭《へきとう》の戦勝は、わが海軍及び国民に傲慢《ごうまん》の気分を与えた――

中澤は兵学校第四十三期、水雷科、海大卒。米国駐在二年、軍令部作戦課長、海軍省人事局長、軍令部第一部長などの経歴。

ついで、軍令部作戦課主務部員、「大和」艦長、第四航空戦隊司令官などをつとめた元海軍少将の松田千秋はつぎのようにいう。松田は、兵学校第四十四期、砲術科、海大卒、米国駐在二年である。

「真珠湾攻撃は、日本敗戦の最大原因となった。米戦艦多数は、沈没したのではなく沈座したにすぎない。大戦果どころか、見かけ倒しの戦果であった。

全米国民は、宣戦なき奇襲に憤激し、ただちに総力戦体制に立ち上がった。これに反して日本は、『米英くみしやすし』という安易な気分になり、総力戦体制にうつったのは一年以後だった。

沈座した米戦艦は、短期間で修理され、戦線に復帰した。敵空母は無疵《むきず》であった。

最もまずかったのは、飛行機では戦艦に致命傷をあたえることができない、とする米国海軍の思想を一変させて、『航空戦で海上作戦は決定できる』という奥の手を、かんたんにアメリカ側に見せびらかしてしまったことだ。

これでは、民間航空機の生産能力と、民間のパイロット数が日本の十倍もある米国に『さあこの手で勝って下さい』と手本を示してやったようなものだ。民間パイロットは短期間の軍事訓練で、たちまち軍用パイロットになる。

こうして太平洋戦争は、航空戦に明け暮れるようになり、日本の航空兵力はたちまち消耗して、一年後にはほとんど無力になってしまった。

だから、大和以下戦艦・巡洋艦を中核として、大砲・航空・水雷の総合戦力による、『制空権下の艦隊決戦』（註・味方の護衛戦闘機隊が敵の航空兵力を寄せつけない艦隊決戦）を企画していた日本海軍伝統の作戦計画が、あえなく瓦解してしまった。

しかもこの方針にもとづいて、数十年にわたり巨額の国費を投じ、苦心して整備してきた必勝軍備も、連年の猛訓練で鍛えあげた戦闘術も、まったく発揮することができなくなってしまった。

大和以下の強力な戦艦は無用の長物と化したし、新鋭空母は敵機にやられるし、水雷戦力を誇る駆逐艦は局地戦用の砲艦となったり、潜水艦もまったく活動を封じられた。

また輸送船による海上輸送、とくに南方と内地の間の戦争必需物資の輸送が途絶してしまったのも、すべて、元はといえば、航空機だけで戦った真珠湾攻撃が根本原因だった」

前記の元海軍大佐黛治夫《まゆずみはるお》にはこんな話がある。黛は兵学校第四十七期、砲術科、海大卒、米国駐在二年。日米の砲戦術を詳細に比較研究している。

「昭和十六年九月上旬、連合艦隊旗艦長門が山口県徳山に碇泊していた。私は呉で艤装中の戦艦大和の大作戦室の設計のことで、山本長官と幕僚を長門に訪ねた。

打合わせを終わり、帰りの内火艇を待っている数分間に、黒島先任参謀とこんな話をした。

『日米戦は、ハワイ真珠湾の奇襲的航空作戦で開始されるよ。これよりほかにいい方策はないね』

『そんなことをしてあとどうなるんですか』

『あとは飛行機ができるかどうかによって決まるよ』

『飛行機はできる見込みがあるんですか』

『今のところ、訓練での消耗を補充するのがやっとだ』

私はアッケにとられたが、それ以上質問する時間もないので、舷梯に着いた内火艇に乗って呉に帰った。

しかし、飛行機の生産ができる見こみもないのに、飛行機一辺倒で戦争をやろうという連合艦隊司令部の考え方には、あきれるほかなく、腹も立った。

山本長官はワシントン大使館付武官、航空本部長、海軍次官として、日本海軍の飛行機生産能力がアメリカの十分の一しかないということを誰よりもよく知っているはずであった。ところが、戦艦を主力とする日本の海軍力ならば、アメリカの七割近くはある。だから、これをうまく使い、決戦まで航空兵力の消耗を避けること以外に戦略はないのだ。こんな分かりきったことは当然考えねばならなかったはずだ。

それが分かっていながら、飛行機だけでのハワイ攻撃を強行した。そして、予想された通り、ミッドウェー作戦、ソロモン作戦と、決戦海軍力の大消耗となって大敗することになった」

第一航空艦隊航空参謀として真珠湾攻撃を計画指導した源田実は、その著『海軍航空隊始末記』（文藝春秋）で、

――真珠湾攻撃は大きな戦果を挙げたことは間違いはないが、戦果の内容は深く検討せられねばならなかったにもかかわらず、表面的なものに眩惑され過ぎていた。海上戦力の主力と思われていた戦艦群は潰滅したかも知れないが、時代の動きは人間の頭の働きよりも速かったことに気付いていた人は、ほんの一握りのグループに過ぎなかった。海上の主力と思われていた戦艦は、既に前時代の遺物以上の何物でもなかった。新しく戦艦に代って海上の王座を占めるに至った航空母艦、及びこれが警戒に当るべき巡洋艦、駆逐艦等は全く無疵で残されていた。真珠湾に米海軍の航空母艦が一隻も在泊していなかったことは、米国のためには幸運であった。その後の戦闘で若干の米空母が失われたことを考慮に入れても、尚且、米海軍には三乃至《ないし》五隻の航空母艦と甲巡以下の軽快艦艇が現存し、実質的な海軍力は開戦前と余り変っていなかった――

と、書いている。

米海軍少将サミュエル・モリソンは、『米海軍第二次大戦史』で、真珠湾攻撃について、「戦略的に愚の骨頂」で、「政略的にはとりかえしのつかぬ失敗」「戦術的にも錯誤」と評している。

戦略的にバカなことをやったものだというのは、米海軍の対日戦策『WPPAC46』の予定がつぎのようなものだったからだという。

開戦後

①北太平洋の日本輸送船攻撃。
②マーシャル諸島の偵察、大規模攻撃。
③日本本土と補給線に対する潜水艦哨戒。
④マーシャル諸島の占領準備（註・エニウエトク＝ブラウン、ビキニ、クェゼリン、ウォッゼ、メジュロなどの各島）。

以後

①マーシャル諸島占領。
②トラック島（註・南洋諸島の中心基地）占領。

この予定は、日本海軍が予想した通りのものであり、日本海軍は伝統の「邀撃作戦」で米国海軍と戦う方が板についており、絶対に有利であった。

政略的にはだまし討ちとなり、米国民をふるえ上がらせるどころか、逆に敵愾心《てきがいしん》をあおり、日本打倒へ奮起させたことは、取り返しのつかない見こみちがいであった。

戦術的には重油タンクや工廠を破壊しなかったのは、重大なミステイクであるという。

以上、真珠湾攻撃の可否について、いろいろの意見を紹介した。

これらから考えると、孫悟空が釈迦とケンカし、金斗雲に乗って何百万里か何千万里かつっぱしったが、まだ釈迦の掌の上だったと知って目を丸くするという話を連想する。

真珠湾攻撃は、やるべきではなかったという結論になりそうである。

ハワイその他の作戦がうまく運んでいると見て、瀬戸内海西部の柱島泊地にいた連合艦隊主力は、十二月八日正午に出動をはじめた。

戦艦「長門《ながと》」「陸奥《むつ》」「扶桑《ふそう》」「山城《やましろ》」「伊勢《いせ》」「日向《ひゅうが》」、空母「鳳翔《ほうしょう》」、第四水雷戦隊駆逐艦群など約三十隻の艦隊は、ハワイ帰りの機動部隊を収容に行くというふれこみで、豊後水道から太平洋に出た。しかしこの艦隊は小笠原列島まで進出したが、べつに何もせず、十三日には元の柱島に帰ってきた。

要するに、このぶらぶら航海で、艦隊乗組員は全員、戦闘に参加したということになり、加俸や勲章を受ける資格ができたのである。連合艦隊主力は、何の危ない目にも会わないのに、仲間の勝ち戦でお祭り気分になって、ごほうびのお裾分けにあずかったというものであろう。

すでにこの時点から心のゆるみ、気のおごりがはじまったといえるかもしれない。これは茶坊主みたいな人物が提案したのかもしれないが、ともかく山本がそれを承認したことにはまちがいない。部下に対して情があるというよりも、「親方日の丸」の気分で、大盤振舞いをやったという感じである。

この航海中の十二月九日、米英二国が対日宣戦を布告した。その午後、味方潜水艦が南支那海で英国戦艦二隻を発見したという電報が「長門」の連合艦隊司令部に入った。

翌十日朝、南部仏印基地から、爆装、雷装の中攻計八十一機がこの戦艦を撃沈すべく、飛び立った。

攻撃開始予定時刻まで、まだ三時間以上ある。「長門」の作戦室では、幕僚たちが戦果の予想を立てていた。

このあとの、問題のエピソードについては、元海軍少将の高木惣吉が、『山本五十六と米内光政』（文藝春秋）につぎのとおり書いている。

――旗艦の作戦室では、幕僚たちの戦果予想で賑《にぎや》かな笑声が湧いていた。山本長官は突然、「三和参謀（註・三和義勇《みわよしたけ》中佐、航空甲参謀、のちにテニアンで戦死、少将）どうだい、俺はリナウンはやるが、キング・ジョージ五世はまあ大破かな、と思うが」

（註・初めはレパルスはリナウン、プリンス・オブ・ウェールズはキング・ジョージ五世と推定せられた）

航空参謀は躍起に反駁《はんばく》した。

「いやー長官、そんなことはありません！　両方ともキットやります」

「よしそんなら賭けようか」

「願ったり叶ったりです。そのかわり長官が敗けでしたらビール十ダース、私が敗けたら一ダース、いいですか？」――

よく部下の信念を揺すぶるために、反対の予想に賭けて朗かな人物試験をして喜ぶのはその悪戯《いたずら》の一つであった。

正午すぎから始まった戦闘で、レパルスの沈没はまもなく判ったが、いま一隻の新戦艦の情況はなかなか電報がはいらず、幕僚一同大いに気をもんでいた。

二時間以上もたったと思わるるころ、電信室にいる暗号長が作戦室にひびきわたる奇声を伝声管から送ってきた。

「またも戦艦一隻沈没！」

航空参謀が鬼の首を取ったように、

「長官、さあ十ダース頂きますヨ」

とはずめば、いつになく顔を綻《ほころ》ばせた山本提督、

「ああ十ダースでも五十ダースでも出すよ、副官、よろしくやっといてくれ」

と嬉しそうにいいつけるのであった――

と、たいへん楽しげだが、一方戦場においては、味方攻撃機は英戦艦の激しい対空砲火を受けて、三機が撃墜された。

また、プリンス・オブ・ウェールズ艦上で勇戦した英国東洋艦隊司令長官サー・トム・フィリップス中将は、責任を負って艦とともに海に沈んだ。

命がけで戦ったこれら敵味方の将兵たちは、山本がこの戦闘の結果に面白がってビールを賭けていたと知ったら、どういう顔をしたであろうか？

ところで、このマレー沖海戦で注目すべきことは、飛行機隊が戦艦部隊と洋上で正面からわたり合い、戦艦部隊を撃滅したということであった。今までに、これほど完全に飛行機が戦艦に勝ったことは、世界に一つもなかった。

この完勝によって山本は、自分がかねがね主張してきた「航空優先論」「主力艦同士の艦隊決戦不生起論」「戦艦無用論」を実証しえたと確信し、生涯で最大といってもいいくらいの喜びを味わったのではなかろうか。

しかし問題は、次はどうするかであった。

たとえば、前記したが、英国艦隊に二十機の防空戦闘機がついていれば、わが中攻隊は大損害を受けて、英国の二隻の戦艦は沈没しなかったにちがいない。

なによりも、アメリカが総力をあげて飛行機増産、搭乗員養成、空母増強をやり、大航空兵力で攻めてくるようになったとき、日本はどう戦うべきかであった。飛行機一辺倒の戦いをするのでは、アメリカに勝てるわけがない。

ところが、ハワイ、マレー沖海戦を勝った日本海軍は、「飛行機、飛行機！」と叫び、飛行機一辺倒の戦いをくりかえしていく。

ちょうど、新製品が大当たりしたときの中小企業のようなものであった。大喜びして量産していくと、大企業が類似製品を大量につくって安く売り出し、中小企業の製品はたちまち売れなくなるという話に、どこか似ているのである。

南雲機動部隊は十二月二十三日に、長途の遠征を終えて、柱島泊地に帰ってきた。

翌二十四日、山本は同部隊旗艦「赤城」におもむき、各級指揮官を前にして訓示をした。

「真の戦いはこれからである。この奇襲の一戦に心おごるようでは、強兵とはいいがたい。勝って兜《かぶと》の緒《お》を締めよとは、まさにこのことである。次の戦いに備え、一層の戒心を望む」

この訓示を聞いて感動した指揮官がいたかどうか分からないが、どちらかといえば、木で鼻をくくったようなものではなかったかという気がする。

その山本が、四日後の十二月二十八日付で、河合千代子宛てに、

「方々から手紙などが山の如く来ますが、私はたった一人の千代子の手紙ばかりを朝夕恋しく待ってをります。写真は未だでせうか」

という手紙を書いている。

年が明けて一月八日付の手紙では、

「三十日と元旦の手紙ありがたうございました。三十日のは一丈あるやうに書いてあったから、正確に計ってみたら九尺二寸三分しかなかった。あと七寸七分だけ書き足してもらふつもりで居ったところ、元旦のが来て、とても嬉しかった。クウクウだよ」

とある。

「クウクウ」とは、開戦直前の十一月末に、千代子と二人で宮島に遊んだとき、頭を撫《な》でら

れた小鹿が鳴いた声だという。

「勝って兜の緒を締めよ。次の戦いに備え、一層の戒心を望む」という訓示と、その直後のこの手紙と、いったいどうなっているのであろうか。

山本五十六の世論恐怖症

ハワイで勇名をとどろかせた南雲《なぐも》機動部隊は、昭和十七年一月五日に、ふたたび呉軍港を出港した。ラバウル、ニューギニア、オーストラリア、蘭印、インド洋方面の掃蕩《そうとう》作戦である。掃蕩作戦といえばいくらか聞こえはいいが、この部隊の実力からすると、ドサまわりのザコ狩りというものであった。

南東（ニューギニア、ソロモンなど）、南西（蘭印、マレー、インド洋など）方面の日本陸海軍は、強力な七人の侍のような助っ人が来てくれたおかげで、自力でも何とかやれるものが、ほとんど苦労もなく、らくに作戦目的を果たすことができた。

四月九日、この機動部隊はインド洋上で、英空母ハーミスを、ものの十五分足らずで撃沈した。

まさに南雲部隊の行くところ、敵は魔神のように恐れて、その姿をかくすのがふつうとなった。

しかし、参謀長の草鹿《くさか》によると、

——わが士気はあがり、戦闘技術は向上したが、そのかげにひそかにはい寄ったものは、掩いかくすことのできない肉体的、精神的疲労と驕慢《きょうまん》とであった——

という状態になっていた。

連合艦隊司令部は、ハワイ帰りの南雲機動部隊を遊ばせておくより、南方へ助っ人に出した方がよかろうということで、この方面に出動させたものであった。

便利屋として使ったのである。

その間、最大の宿敵である米国機動部隊は、ハワイの怨みを晴らすべく、太平洋諸島につぎつぎと奇襲をかけてきた。

二月一日早朝、日本防衛線最東端のマーシャル諸島が、米空母エンタープライズとヨークタウンの艦載機に猛烈な空襲をうけた。さらに、同部隊の重巡洋艦は、艦砲射撃まで加えてきた。この海域の守備にあたっていたのは、第四艦隊の第六根拠地隊である。司令部はクェゼリン島にあったが、この奇襲によって大損害を受け、司令官八代祐吉少将も戦死した。

二月二十日には、空母レキシントン、重巡四、駆逐艦十の機動部隊が南東方面最大の拠点ラバウルに空襲をしかけてきた。ラバウルからは、中攻十七機がこれの攻撃に向かった。しかし、敵の対空兵器と戦闘機のために十五機が撃墜され、帰還できたのはたった二機だけという大損害を受けたのである。わが中攻隊には護衛戦闘機が一機もついていなかったのがその最大の原因であった。

二月二十四日には、空母エンタープライズ、重巡二、駆逐艦六の機動部隊が、昨年末に占領したウエーキ島を、これ見よがしに襲撃してきた。艦載機による空襲と重巡による艦砲射撃であった。

越えて三月四日には、同じくエンタープライズの機動部隊が、傍若無人に南鳥島にも空襲をしかけてきて、日本側に相当な損害を与えた。

三月十日には、空母レキシントンとヨークタウンの機動部隊が、ニューギニア東岸のラエ、サラモア沖の日本艦船に、約六十機で空襲をしかけてきた。軽巡「夕張」が小破し、輸送船四隻が沈没、七隻が中小破という大損害をうけた。

千早正隆は、その著『連合艦隊始末記』（出版協同社）で、米国機動部隊について、つぎのように書いている。

――アメリカが守勢の立場にありながら局所的に攻撃をとる積極性、その反応の早さ、その作戦周期の短かさ、その行動半径の大きさ等については、何らの注目の目を向けなかった。それらについて、真剣な研究をしたあともなかった。（註・日本海軍が）

ただ、これら一連のアメリカの空母の動きから、日本海軍の作戦当局者が引き出した一つの結論は、首都東京に対する母艦からの空襲の可能性が少なくないということであった――

本来ならば、南雲機動部隊がこれらの宿敵をどこかの海面に誘い出して撃滅すべきであった。その最も重要な目標に向かわず、やらずもがなの南方ザコ狩り作戦に出かけて、長期間精力を使い減らしていたのである。

その間、山本以下連合艦隊司令部は、二月十二日から、世界一の大戦艦「大和」に移っていた。「長門」が古いビジネスホテルなら、「大和」は新装の豪華ホテルというものであった。幕僚たちは、優雅な暮らしに満足していた。

一方、米国海軍は逆境に堪えてチャンスを狙っていた。

それが四月十八日のドーリットル陸軍中佐による日本本土空襲となった。

B25爆撃機十六機を搭載した空母ホーネットと、それを援護する空母エンタープライズは、同日未明、日本本土の東方七百二十浬《かいり》（約千三百三十キロ）にさしかかった。

その機動部隊を、わが監視船第二十三日東丸（九十トン）と長渡丸（九十四トン）がいち早く発見し、「敵発見」の緊急電を発信した。

ただしこの二隻は、すぐさま敵巡洋艦とエンタープライズの艦載機によって木っ端微塵に粉砕された。乗員のほとんどは戦死し、わずかに生き残った五人は捕虜となった。

ドーリットル陸軍中佐が指揮するB25爆撃機十六機は、午前八時にホーネットを発進した。午後一時ごろから、京浜、名阪神地域に爆弾を散発的に投下し、さっさと中国本土とウラジオストックに飛び去った。中国へ向かった十五機は、夜間のために不時着したり、搭乗員がパラシュート降下して、機体は全滅した。ウラジオストックへ行った一機は無事着陸した。日本の被害は僅少であった。うろたえることはなにもないはずであった。

ところが、日本政府および陸海軍の首脳部は、非現実的と思えるほど精神的大ショックをうけていた。

山本五十六は、表面は泰山鳴動鼠一匹という態度を示していた。四月二十九日付で、新橋の茶屋のおかみ丹羽《にわ》みちに宛てた手紙には、

「東京もたうたう空襲を受けまことに残念でした。勿論あんなのは本当の空襲などどいふ丈《だ》けのものではないが、今の東京の人達には丁度よい加減の実演だったと思ひます」

と書いている。

しかしこの手紙でも「おかしい」と思われるところがある。茶目や皮肉は山本の面白才人的な特質だが、ここにある「丁度よい加減の実演」という表現は、とってつけたようなものだからである。

山本は米軍の空襲で日本国民の士気が阻喪《そそう》し、国内が混乱状態になることを、極度に恐れていた。前記したように、日露戦争中にロシアの軍艦三隻が日本に接近したために全国が大騒ぎとなり、上村中将宅が群衆に投石された。そのことに、信じられないほどのショックを受けていたからである。

米内光政《よないみつまさ》は、山本は怖いもの知らずで、絶壁のふちに行っても、自動車でいくらスピードを出しても平気な男だといっている。しかし世論となると、蛙《かえる》が蛇を恐れるように恐れていたとしか思えないほどであった。

山本が真珠湾攻撃を思いたち、どうかしているのではないかと思われるほどそれに執着したのは、この世論恐怖症ともいえるような心理の裏返しだったという気もする。日本国民は、たった三隻のロシア軍艦の接近で大騒ぎとなった。それならば、日本の航空部隊が真珠湾の米国艦隊に潰滅《かいめつ》的打撃を加えれば、米国民はふるえ上がり、全米はパニック状態になるだろうと考えたのではなかろうか。

その山本の予想はまったくはずれ、米国民は蛇に襲われた蛙どころか、いきりたったマングースのように反撃してきた。それも、山本がいちばん恐れていた日本本土空襲というものであった。

幸いドーリットル空襲の被害は僅少で、それほどの騒ぎとはならなかった。山本はほっとしたものの、実際には強い衝撃をうけて、いても立ってもいられないほどの焦燥感にかられていた。二度とこのようなことをさせてはならない、させれば一大事になると、彼はまた一人で思いこんだ。

こうなると、真珠湾攻撃という大ブラフでアメリカをひっかけようとした山本が、逆手をとられてアメリカの小ブラフにひっかけられた感がある。

南雲機動部隊の空母「赤城」「加賀」などの一航戦と「蒼龍」「飛龍」などの二航戦は、四月二十二日に、三ヵ月半ぶりに内地に帰ってきた。「瑞鶴」「翔鶴」などの五航戦は、第四艦隊の井上中将が指揮するニューギニアのポートモレスビー上陸作戦を支援するために、帰路の途中からカロリン群島の要衝トラック島に向かったのであった。

内地に帰ってきた機動部隊の歴戦の将兵たちは、柱島泊地に碇泊《ていはく》している「大和」をはじめとする戦艦七隻が、ノホホンとひる寝でもしているように思われた。戦後のことになるが、淵田美津雄はこのことについて、

「日本艦隊の主戦兵力は、空母六隻を基幹とする南雲部隊であった。柱島に在泊している戦艦七隻は、もはや中核ではない。無用の長物的遊兵である。

南雲部隊は、やらずもがなの南方作戦に使うべきではなかった。戦艦部隊は柱島に遊ばせておくべきではなかった。これらを合体させて一つの有力な機動艦隊を編成し、東方海面で、米国機動部隊と決戦すべきであった」

と、だいぶムカッ腹を立てた感じで書いている。

その南雲機動部隊は、帰ってきたとたんに、つぎは六月上旬のミッドウェー攻略作戦に行けと聞かされた。

ミッドウェー攻略作戦が大本営海軍部指示として発令されたのは四月十六日であった。そ

れまでには、連合艦隊司令部と軍令部、そして海軍と陸軍とで、一ヵ月にわたってすったもんだがあった。

三月はじめには、陸海軍間で、六月下旬からFS作戦を実施することが同意されていた。FS作戦というのは、フィジー、サモア、ニューカレドニアの諸島を陸海軍協同で占領し、米豪間の連絡を遮断して、豪州を孤立させようというものであった。

ところが、思いがけなく連合艦隊司令部が、FS作戦の前にどうしてもMI（ミッドウェー）攻略作戦をやる必要があると、そこへ強引に割りこんできた。

四月三日には、連合艦隊戦務参謀の渡辺安次中佐が上京して軍令部に出かけ、この作戦の説明を行なった。

まず第一にミッドウェー島を攻略し、反撃に出てきた米空母部隊を撃滅するとともに、米空母部隊が日本本土を奇襲するのを防止したい。FS作戦はそのあとに実施したい。ということであった。

軍令部第一課長の富岡定俊大佐と、課員の三代《みよ》一就《かずなり》中佐は、ハワイ作戦のとき以上にこのミッドウェー攻略作戦につよく反対した。

反対理由は――

ミッドウェー攻略はむずかしくない。しかし、あとの維持がむずかしい。同島に一番近い日本基地はウエーキ島だが、そこまで千三百浬《かいり》（約二千四百キロ）もある。必要物資を運ぶにしても、ウエーキから四日以上もかかる。途中で米軍の飛行機、潜水艦などに襲撃される恐れが十分すぎるほどにある。なぜなら、敵の本拠ハワイからミッドウェーまでは千百五十浬で、敵の勢力圏内であるからだ。

またそれだけに、敵がミッドウェー奪還を狙って機動部隊で襲撃してくれば、わが方の基地はひとたまりもなくたたき潰《つぶ》され、同島はかんたんに奪還される。

というように、単純明快、理路整然としたものであった。

渡辺はたじたじとなったが、なにしろ飛ぶ鳥落とす勢いの山本の代参である。虎の威を借る狐のごとく、彼は軍令部上層部の意見を聞かせてもらわなくては帰れないといいはった。

そこで富岡もやむなく、話を福留《ふくとめ》第一部長に取り次いだ。すると福留は山本に恩義があるので、にべなく断わることができない。よく検討して、二日後の五日に話し合おうということになった。

しかし軍令部では、伊藤次長をふくめていろいろ検討したが、いくら検討しても、単純明快、理路整然の論理をくずせるわけがなかった。

五日の当日、伊藤、福留、富岡、三代は、渡辺に対して、こんこんと説明し、山本に考えを改めてもらうように頼んだ。

すると渡辺は、山本長官に電話をして、意見を聴いてみると中座した。しばらくしてもどってくると、渡辺はいった。

「長官のご決意は固く、もしこの計画がいれられなければ、長官の職にとどまれないといっておられます」

ハワイのときとおなじで、奥の手のブラフで道理をひっこませ、無理を通そうというわけであった。伊藤と福留は、泣く子と山本には勝てないと溜息《ためいき》をついて、これまたハワイのときと同様に、永野軍令部総長に話を取り次いだ。

ところがこの永野も、以前とかわらず、おなじように、うやむやのうちにこのミッドウェー作戦を承知したのである。

もし永野に、総長としての見識と所信があったならば、たとえ山本が長官を辞職しても、この理不尽な作戦計画は、却下したにちがいない。

もはや山本は、「自分がこうと思いこむと、他人のいうことはすべてロクなものではないと頭から決めてかかり、いっさい聞き入れようとしない。自分の料簡《りようけん》をたてて、中央（註・海軍省と軍令部）の命令に従わない」という日高壮之丞《そうのじよう》そっくりになっていた。

しかし、永野も海軍大臣の嶋田も、山本権兵衛のような大人物ではなかった。だから、理不尽だと思っても、山本をクビにすることはできなかった。

もっとも、ミッドウェー作戦が受け入れられなかったら辞職するというようなことは、山本はいっていない。あれは渡辺が自分の料簡でやったものだという説もある。

千早正隆は、当時の連合艦隊水雷参謀有馬高泰中佐から、山本が職を賭してまでミッドウェー作戦を強行しようとしていたとは、とうてい考えられない、と終戦直後に聞いている。もしそうだとすれば、渡辺がとんでもない越権の芝居をやって、国をあやまったことになるが、真相は不明である。

山本のミッドウェー作戦案を四月五日にのんだ軍令部は、大本営陸軍部である陸軍参謀本部に、同意を求めねばならなかった。

だいたい、大本営陸海軍部としては、四月上旬にFS作戦の検討を終わり、近く正式手続きをとる段どりになっていた。

だから、軍令部から、だしぬけに、MI、および軍令部がくわえたAL（アリューシャン西部要地攻略）作戦を聞かされた陸軍側は、ア然とした。こんな重大なことを、いままで何ひとついわず、とつぜん「どうしてもやる必要がある」とはどういうことかと不審をいだいた。

海軍の説明から判断すると、アリューシャン西方要地攻略は、米ソ間の遮断ができるから陸軍も賛成である。しかしミッドウェー島攻略は、あとの維持がむずかしいし、日本本土に対する奇襲防止といっても完全にはできない。さらに時間をかけて十分に検討してやらなければ、とんでもない大事を招く恐れもある。

ということで、陸軍は同意を渋った。

すると海軍は、陸軍が不賛成ならば、海軍だけでもミッドウェー攻略戦をやると、きわめて強硬である。

陸軍は、海軍の勝手な事の進め方に不満を持ったが、けっきょく、この際は海軍の主張をいれて、協力しようということになった。陸軍は、MI、AL作戦に必要な兵力を出すことにしたのである。

こうしてMI、AL作戦をふくむ、「大東亜戦争第二段作戦帝国海軍作戦計画」は昭和十七年四月十五日に裁可された。

その中の連合艦隊作戦要領の要点はつぎのようなものである。

㈠独伊の作戦に呼応し、できればセイロン島を攻略し、英印間の連絡を遮断して、独伊と連繋する。

㈡フィジー・サモア・ニューカレドニアを攻略して、豪州と米英間を遮断する。

㈢ミッドウェーを攻略して、米国の奇襲作戦を困難にし、またアリューシャン作戦を行なう。

㈣最後にハワイの外郭要地であるジョンストン、パルミラ両島を攻略し、ハワイ占領を考える。

国力の貧弱な日本が、こんなことができるのかと思うような、雄大というか大ぶろしきというか絵に描いた餅というか、アレキサンダー、ジンギスカン、ナポレオンもびっくりという大作戦計画であった。

ＭＩ、ＡＬ作戦は、前記したように、翌十六日に、大本営海軍部指示として発令されたが、そのときはまだ、実行の時機は決定されていなかった。

この四月十六日に、山本は、第二段作戦に入るにあたっての訓示を出した。

序文は、米英等連合軍は、戦備を怠って緒戦に潰滅した、しかし、強大な国力に物をいわせて、大規模な軍備増強を行ない、かならず反撃してくる、というものである。そのあと、

「コノ敵ヲ討チテ征戦究極ノ目的ヲ達成センニハ、ソノ軍容成ルニ先ンジ敵海上武力ノ中核ヲ撃摧《げきさい》シ、併セテワガ攻防自在ノ態勢ヲ確立セザルベカラズ。

戦局決戦段階ニ入ル。即チ連合艦隊ハ新部署ニ就キテソノ陣容ヲ整エ、今次戦訓ヲ加エテマスマス鋭鋒ヲ磨キ、決戦兵力ヲ挙ゲ東西両太洋ニ敵ヲ索《もと》メテコレヲ捕捉撃滅シ、モッテ戦局ノ大勢ヲ海上ニ決セントス」

と、非常な意気込みで述べている。

要点は、つぎのようなものである。

敵の軍備がととのわないうちに、その中核の部隊をたたきつぶす必要がある。連合艦隊は、決戦兵力を東西太平洋にくり出し、敵中核をとらえて撃滅する。そうすれば、戦局の大勢は日本が有利と決する。

ただ、ここでも、「敵海上武力ノ中核」が何なのか、明確ではない。だが、戦争がこの段階では、太平洋を荒らしまわっている数隻の空母と考えてまちがないだろう。

では、この昭和十七年四月ごろの米国海軍の戦備増強ぶりはどういうものであったか。

まず意外な感じがするが、山本が「航空優先」「戦艦無用」を力説しているのに対して、アメリカは、空母に劣らず戦艦の大増強も積極的に進めていた。これは、国力があるから、両方やれるのだということとは、かなりちがった考え方だったようだ。アメリカがもし、山本同様、「戦艦無用」と考えるならば、戦艦建造を中止して、その分、空母と飛行機をつくればよいはずである。アメリカは、それをしなかった。その理由を述べるまえに、どのような軍備増強をすすめていたかを示したい。

まず、米国海軍には、真珠湾で沈められた旧式戦艦群（註・ただし、大部分は修理、改造され、とくに対空兵器を強化して復役した）以外に、開戦前に二隻の新鋭戦艦が就役していた。ノースカロライナとワシントンであり、日本の「長門」「陸奥」ぐらいの砲力を有する四万二千トンのフネである。ただこの二隻は速力が三十ノット近くあり、高速の空母とでも協同作戦ができるものであった。

開戦後には、右の二隻と同じクラスのサウスダコタ、インディアナ、マサチューセッツがいち早く就役し、昭和十七年四月ごろにはアラバマが艤装をすすめていた。

以上で新鋭高速戦艦が六隻である。

このほかに、さらに大型の五万二千トンのアイオワ級戦艦四隻の建造が進められていた。

一方、空母の方は、開戦前に、レキシントン、サラトガ、エンタープライズ、ヨークタウン、ホーネットの五隻ができていて、これらが、昭和十七年二月初めから、太平洋を荒らしまわっていた。

そしていまは、三万三千トンのエセックス型六隻、一万三千トンのインデペンデンス型六隻が建造中であった。

飛行機については、日本の十倍の工業力に物をいわせて、日本がさかだちしてもオヨビのつかない大増産に取りかかっていた。その実状を山本が見れば、航空兵力一辺倒でアメリカと戦おうと思っている自分の考えがまちがっていると、いやでも気づいたにちがいない。

さて、米国海軍がなぜ戦艦を増強したかである。主な理由は――

まず第一に、日本海軍がのぞむならば、戦艦主力の艦隊決戦を行ない雌雄を決する。

第二に、空母と協同作戦をすることは、攻守いずれにしても、相互にとってプラスである。

第三に、上陸作戦の場合には、制空権下で輸送船を護送するとともに、艦砲射撃で敵陣を潰滅する。というものであった。

のちのことになるが、戦艦を増強したことは、米国海軍にとってむだではなかったということが実証された。とくに、サイパン、レイテ、硫黄島、沖縄等の上陸作戦で、米国戦艦は、制空権下で猛威をふるった。

沖縄防衛に当たった陸軍の総指揮官牛島満中将は、米国戦艦部隊の猛撃を受けて、

「戦艦一隻は陸軍三個師団の兵力に匹敵する」

と嘆いたと伝えられている。

沖縄上陸作戦のとき、米国海軍は、戦艦、巡洋艦各十数隻と駆逐艦五十隻以上で嘉手納のわが陣地に全力の艦砲射撃を加えてきた。そのためにわが陣地は沈黙し、米軍は無血上陸をしたのである。

戦艦一隻の砲力は、空母艦載機約一千機の爆撃力を備えていると見られている。だから、戦艦が上空を戦闘機で護られているならば、それはやはり恐るべき戦力であった。

さて、山本が意気込んだ訓示をした二日後にドーリットル空襲があり、山本の「それ見たことか」という強硬な意見具申があった。大本営海軍部（註・軍令部）は、ついに連合艦隊の主張どおり、六月七日にミッドウェー上陸作戦をやると決定した。

なぜ六月七日としたかについては、主な理由というのが三つある。

一つは、米国機動部隊の奇襲防止をいそぐことである。

二つは、米国海軍の軍備が整わない今のうちにこちらから攻めて、米国艦隊を早い機会に撃滅することである。

三つは、航空部隊が夜間行動ができるのは、夜明け前に残月のある六月七日までで、それを過ぎれば、作戦を一ヵ月近く遅らさなければならないことである。

ところで、長途の遠征から帰ったばかりの南雲機動部隊に、ふたたび一ヵ月後に大作戦に出撃しろというのは、無理難題にちかい注文であった。

南雲部隊の将兵は、一息入れて気分を一新するひまもなく、なにより戦備を十分にととのえる時間がなかった。やるべきこともやり終わらないうちに再出撃しなければならない状態となった。

それを知った機動部隊の指揮官たちは、連合艦隊司令部にたいして、

(自分らは安全なところでぶらぶらしているだけで、こっちのことはなにも考えず、むずかしい注文ばかりする)

と思う者が多かったようだ。

いちばんの問題は、戦死・戦傷病・人事異動の搭乗員の補充訓練であった。とくに、新搭乗員の訓練がカナメなのだが、訓練日数が何日も取れない。精鋭をつくるには、せめてあと一ヵ月はほしい。

二航戦の山口司令官や、一航艦の源田航空参謀が、連合艦隊司令部に、

「ミッドウェー作戦を一ヵ月先に延期してもらいたい」

と、かみつかんばかりに主張した。

しかし、宇垣参謀長はじめどの参謀も、

「もう決まったことだから」

と、すこしも取り合おうとしない。取り合って山本に取り次いでも、山本が受けつけないことを知っていたからである。

山本はハワイ作戦のとき、徹頭徹尾、自分だけの考えを押し通した。だれがなんといおうと聞き流すだけで、考えなおすということをしなかった。ミッドウェー作戦にいたっては、南雲以下機動部隊の各指揮官・参謀は、カヤの外におかれたままで、意見を述べることさえできなかった。

山本が人情家で、他人に思いやりがあるという人は多いし、またそれを裏書きする逸話も多い。しかしそれは、山本がこうと思うことにさしさわりのないかぎりであって、さしさわりがあれば、頑迷な独善家に変身する人物だったようである。

そうなったときの山本とは、議論してもムダというものであったろう。なぜなら、彼の「信念」と称するものの裏づけは、理論ではなくて超合理的カンで、これでは議論になるわけがないからである。

山本司令部の幕僚たちは、大事なことでは山本のいいなりになっていて、職を賭してもまちがいを諫《いさ》めるという者はいなかった。自尊心のかたまりのような宇垣でも、山本の意にさからうようなことは、ひとつもいっていない。「人に見せるためのものではない」として書いた『戦藻録』にも山本批判めいたものはなにもないのである。もっとも、「あれは人に見せるために書いたのだ」という人もいる。

草鹿龍之介は、戦後に、この当時の山本とその幕僚について、つぎのように書いている。

――終戦後続出した各種の記録によると、山本長官が帝都空襲によって陛下の宸襟《しんきん》を悩ましたことに対する責任と、国民の士気阻喪を憂えるのあまりミッドウェー攻略を決意されたということがさかんに書かれているが、はたして真実であったろうか。

多くの優秀な幕僚もいたことでもあり、もしそうであったならば、誰かひとりぐらいは、昔、楠木正成が聖駕《せいが》帝都を離れて足利勢をいったん京都に入れ、しかるのちおもむろにこれを討つよう献策したという故事を例にひいて、ミッドウェー攻略を思いとどまるよう意見具申をしてしかるべきであったと思う。

（中略）

源田参謀や山口多聞《たもん》少将（註・第二航空戦隊司令官、兵学校第四十期）が口角泡をとばして食いついても、すでに決まったことであるとして連合艦隊司令部は馬耳東風であった。私はあきらめていた。しかし、このあきらめたところに私の失策の第一歩があった。それは連合艦隊の計画がいかにまずくとも、一度機動部隊が出陣すれば、それこそ鎧袖《がいしゅう》一触なにほどのことがあるという、口には出さないが自惚心と驕慢心であった――

これを読むと、南雲機動部隊の指揮官・参謀たちの当時の心境がかなり分かるような気がする。

珊瑚海海戦への侮り

昭和十七年四月二十八日より三十日まで、柱島在泊中の「大和」で、第一段作戦の研究会が行なわれた。ハワイからインド洋までの、五ヵ月にわたる諸作戦の反省である。

ついで、五月一日から四日までは、これからやるべき第二段作戦の図上演習および研究会が行なわれた。MI、AL作戦、FS作戦、ジョンストン、パルミラ作戦、ハワイ攻略作戦など、六月から約五ヵ月にわたる諸作戦の研究である。

五月三日にはハワイ攻略作戦の図上演習までやり、四日に総括打ち上げとなった。

この一週間つづけての研究会・図上演習を主催した連合艦隊参謀長の宇垣は、四日付の日記に、

——午後一時半より第二段作戦打合会を行ふ。之《これ》にて大体各部隊の思想を統轄し得たるを喜ぶ——

と書いた。

ところが、この研究会、図上演習についても、連合艦隊司令部側と機動部隊側とで、ひどい見解のちがいが生じていた。

ミッドウェー作戦の図上演習について、航空部隊総指揮官の淵田中佐は、当時の統監部員奥宮正武少佐との共著『ミッドウェー』で、およそつぎのように書いている。

――図演の統監兼審判長は宇垣であった。青軍（日本）機動部隊がミッドウェーを空襲中、赤軍（米国）航空部隊が青軍を爆撃し、赤城、加賀が沈没という判定となった。すると宇垣がそれを制して、独断で赤城小破、加賀沈没と修正させた。

ところが、次のフィジー、サモア作戦になると、沈没した加賀がいつのまにか浮き上がって、活動を再開していた。

「このような統裁ぶりには、さすが心臓の強い飛行将校連もあっけにとられるばかりであった」――

これからすると、淵田はこういうことがいいたかったものと思われる。

宇垣は、米軍にわが軍がやられるなどということは考慮に入れる必要がないという慢心の態度であった。これでは全軍が慢心気分になって、注意力が弛緩《しかん》した戦《いくさ》をやるようになるのも無理はない。

一方、連合艦隊側では、当の宇垣がミッドウェー海戦直後の六月八日に、六月五日の日記として、五月はじめの研究会での草鹿と源田の発言について、つぎのとおり書いている。
――戦訓分科研究に於て、艦隊戦闘の項目中、敵に先制空襲を受けたる場合或は陸上攻撃の際敵海上部隊より側面を敲《たた》かれたる場合如何《いか》にするやの質問に対し、参謀長は斯《かか》る事無き様処置すると極めてあっさりしたる解答あり。

追究したる質問に対し源田参謀は（中略）敵に先ぜられたる場合は現に上空にある戦闘機の外全く策なしと悲観的自白を為《な》せり――

この文章のなかで問題になるのは、敵に先制空襲されたり、横合いから突かれた場合どうするかという質問に対して、草鹿が、「そういうことはないように処置する」と答えているところである。このとおりだとすると、草鹿もまた、宇垣におとらず思い上がっていたことになる。

作家の戸川幸夫は、『人間提督 山本五十六』（光人社）で、職務参謀の渡辺から直接聞いた話として、

――宇垣参謀長が、「ミッドウェー基地に空襲をかけているとき、敵機動部隊が襲ってくるかもしれない。そのときの対策は？」といわれたら、南雲長官は言下に、「わが戦闘機をもってすれば鎧袖一触である」と言い切られたのです。

その言葉を聞いて山本長官は、「鎧袖一触なんて言葉は不用心だ。実際にこっちが基地を叩いているとき、不意に横っ腹へ槍を突っ込まれないように研究しとくことだ。この作戦は

ミッドウェーを叩くのが主目的でなく、そこを衝かれて顔を出した敵艦隊を潰すのが主目的だ。そのあとでミッドウェーを取ればいい。本末を誤らないように……だから攻撃機の半分には魚雷をつけて待機さすように……」と、くどいくらい南雲長官に言われたのですが、南雲長官にはぴんとこないようでした。あの時、山本長官の注意を守っていたら少なくとも敵機動部隊と刺し違えることはできたでしょうが……。――

と書いている。

この渡辺の言葉にメイキングがなければ、山本はなんでもお見通しの神様で、南雲はなんにも分からず屋のカチカチ山のタヌキみたいなものになる。果たしてどうであろうか。渡辺の言葉の真偽については、おいおい、事実によってたしかめていきたい。

それはひとまずさておき、連合艦隊司令部と機動部隊とは、ことほどさように、しっくりいっていなかった。むしろ、たがいに、「なにするものぞ」と反感をいだいていたと思われる。

前記した元海軍少将の松田千秋は、この当時、戦艦「日向」の艦長で、ミッドウェー作戦の図上演習では、赤軍（米軍）の指揮官となり、アメリカがやりそうな戦法で、青軍を襲撃した。そして、爆弾九発命中、「赤城」「加賀」沈没とし、図演続行を不能にした。それを宇垣が、「赤城」小破、「加賀」沈没と修正して、図演を続行させたものである。松田は、それについてこういう。

「空母が二隻沈んだら、青軍（日本）は攻略作戦をつづけられなくなる。それならミッドウェー攻略作戦を中止するか、練り直しをしなければならない。しかし、この作戦をやるということは決定していたことなので、図演も戦がつづけられるという形でやるしかなかった。そこで宇垣さんが、ああいうことをやったのだ。だからもともとミッドウェー攻略作戦そのものに無理があったのだと思う。実際にやってみたら、僕がやったように米軍がやって、空母が四隻とも沈められてしまった」

大本営は昭和十七年五月五日、山本連合艦隊司令長官に対し、陸軍と協同してミッドウェーおよびアリューシャン西部要地の攻略を命令した。

連合艦隊のＭＩ、ＡＬ作戦構想の大要はつぎのようであった。

一、一般方針

作戦方向はミッドウェー島とアリューシャン群島方面に二分するが、両者を緊密に連繋《れんけい》せしめる一体の作戦とし、要地の攻略作戦自体も重要な作戦目的であるが、この攻略作戦を契機として反撃の為出現を予期せられる敵艦隊を捕捉撃滅することも目的とする。従って敵が両方面の何《いず》れに集結出現した場合も、充分之《これ》に応じ得るよう有らゆる兵力配備を考慮し連合艦隊決戦兵力を之に充《あ》て得る如くする。

二、ミッドウェー方面の作戦

1　作戦要領

機動部隊（註・南雲部隊）を以て攻略部隊の上陸前ミッドウェーを空襲、所在兵力及び防禦施設を壊滅し、攻略部隊を以て同島を一挙に攻略すると共に出撃し来る敵艦隊を捕捉撃滅する。敵有力部隊がハワイ方面から反撃して来る場合は、ハワイ、ミッドウェー間に潜水部隊を配置し、機動部隊及び主力部隊（註・山本直率の戦艦部隊）はミッドウェーの北乃至北西海面に、攻略部隊（註・近藤重巡部隊）は同島の南乃至南西海面に待機して之を邀撃《ようげき》（註・迎撃）する。

2　各部隊の行動

（省略）

三、アリューシャン方面の作戦

（省略）

アリューシャン方面は省略し、ミッドウェー方面の作戦の要点を述べたい。

のちにこれが作戦失敗の大きな原因となるのだが、一般方針、作戦要領にある通り、目的が二つある。

一つはミッドウェー島を攻略する。

もう一つは、敵艦隊が出撃してきたならば、これを撃滅する。

この二点だが、ここではっきりいえるのは、ミッドウェー島はかならず攻略しろということである。

敵艦隊の方は、出現が予期されるが、出現してこなければ撃滅できないから、これは仮定の問題である。

ただし、連合艦隊司令部としても南雲機動部隊としても、米国機動部隊と決戦して、これを撃滅することをまっさきにのぞんでいた。

ところが、はっきりいって、米国機動部隊が出てくるかこないか、あるいは、出てくるにしても、いつどこから出てくるか、それがはっきりしなかった。

このはっきりしないところがいちばんの問題であったが、それを掘り下げて対策を立てるということをしなかった。

もともと二兎を追うことが失敗の元なのだが、のちに、この二兎のうち、はっきり摑まえられる方に重点をかけて追ったために、大失敗をすることになる。

だが、渡辺が戸川に語った、「この作戦はミッドウェーを叩くのが主目的でなく、そこを衝かれて顔を出した敵艦隊を潰すのが主目的だ。そのあとでミッドウェーを取ればいい」という言葉は、連合艦隊の作戦一般方針と作戦要領からそれを裏づけることはできない。ミッドウェーを叩くのではなく、ミッドウェーを攻略することが、明らかに主目的だからである。

そうでなければ、陸軍歩兵三千名、海軍陸戦隊二千八百名の占領軍をわざわざ輸送船にのせ、その護衛専門の大艦隊までくり出す必要はない。

ミッドウェーを攻略し、米国機動部隊による日本本土奇襲を防止したいというのは、山本のたっての念願であった。

連合艦隊の方針にしたがって南雲機動部隊があたふたと戦備をすすめはじめたやさき、遙か南の海で日米機動部隊同士の初の決戦が行なわれた。これが珊瑚海海戦である。日本側空母は第五航空戦隊の「瑞鶴」「翔鶴」、米国側は第十七機動部隊のレキシントン、ヨークタウンで、互角の態勢であった。

海戦までの経過をかんたんに説明したい。

日本陸海軍はニューブリテン島の大基地ラバウルを足がかりにして、ニューギニア南東部の豪州軍の空海基地ポートモレスビーを協同で攻略しようとしていた。ニューギニアの各要地攻略を容易にし、あわせて豪州本土北方海域を制圧し、米英豪連合軍の豪州本土からの反攻を抑える目的であった。

また、日本海軍は、これにさきだち、ソロモン群島東部のガダルカナル島北側の小島ツラギに陸戦隊を送り、五月三日に無血占領して飛行艇・水上偵察機・艦艇の基地とした。やがて目の前のガダルカナルに陸上航空基地をつくり、周辺海域を制圧し、ニューギニアのポートモレスビーと連携して、米豪間の海上連絡を遮断しようというのであった。

ところがツラギは、翌四日早朝から米艦載機約八十機の空襲をうけて、駆逐艦一隻、掃海艇二隻、駆潜艇一隻が撃沈された。

ただしこれによって、米国機動部隊が近辺に存在し、日本軍に積極的な攻撃をしかけてくることが明らかとなった。

ポートモレスビー基地の敵空軍兵力は、おどろきあきれるほど増強をつづけていた。一月下旬以来、ラバウル海軍航空隊は連日のようにポートモレスビーを猛爆し、米豪空軍に大損害をあたえたが、基地の機能は少しも低下せず、兵力はむしろ増加していた。

五月はじめごろの、ポートモレスビーを中心とする南東方面の米豪空軍の第一線機は六百機と見られていた。

ポートモレスビーは、ぜひとも攻略占領して、米英豪軍の活動を封じたかった。

五月四日にラバウルを出港した陸軍南海支隊の十四隻の輸送船は第六水雷戦隊に護衛され、ポートモレスビーに向かってのろのろ進んでいた。平均六ノット半で、ポートモレスビーまで三昼夜の予定である。

五月七日午前七時すぎ、敵機動部隊が来襲するかもしれないという情報によって、攻略部隊の輸送船団と護衛部隊は、ただちにまわれ右をした。午前九時すぎ、米艦載機九十余機が来襲してきた。しかしこれらは輸送船団を攻撃せず、近辺で船団護衛に当たっていた改装空母「祥鳳」に襲いかかり、同空母はたちまち沈没してしまった。

以上が珊瑚海海戦までのあらましの経過である。

レキシントン、ヨークタウンの米国機動部隊は、日本軍のポートモレスビー攻略作戦を阻止しようとしていたのである。

「瑞鶴」「翔鶴」の日本機動部隊は、ポートモレスビー攻略作戦を支援し、出現してくる米国機動部隊を撃滅しようとしていた。

この両機動部隊同士による珊瑚海での決戦は、五月八日の午前に行なわれた。

双方とも早朝の同時刻に相手を発見し、双方の攻撃隊ともやはり同時刻の午前九時十五分に母艦を発進した。北から南に向かう日本の攻撃隊は零戦十八、艦爆三十三、雷撃十八の六十九機。南から北へ向かう米国は戦闘機十五、艦爆三十七、雷撃二十一の七十三機。この兵力もほぼおなじである。

双方の戦果はつぎのとおりであった。

（日本軍）

レキシントン　爆弾二発命中、数発至近弾、魚雷二本命中、大破。

ヨークタウン　爆弾一発命中、二発至近弾、魚雷命中なし、小破。

（米国海軍の記録による）

（米軍）

翔鶴　爆弾三発命中、八発至近弾、魚雷命中なし、発着艦不能。
瑞鶴　被害なし。
（日本海軍の記録による）

大破したレキシントンは、その後ガソリンに引火する大爆発が二回起こり、夕刻手がつけられなくなり、味方駆逐艦の魚雷で沈められた。

ヨークタウンはレキシシトンの飛行機も一部収容し、十分な戦闘能力を持っていた。しかし、どういうわけか、再度の攻撃も偵察もしようとしなかった。

「瑞鶴」は米軍機が飛来したとき、スコールの中に入っていて助かったのである。

双方とも、飛行機の損失は、信じられないほど大きかった。

日本側は、攻撃終了後に使用可能な飛行機が、艦爆七機、雷撃九機、零戦二十四機（母艦直衛機もふくむ）しか残っていなかった。米軍の迎撃戦闘機と対空砲火の威力が容易ならぬことを思わせるものであった。

米軍側は、攻撃機三十七機と戦闘機十二機が残っていた。彼らは日本軍ほど肉薄攻撃をしないし、「翔鶴」一艦に集中したためでもあったようだ。

日本機動部隊の最高指揮官は、第四艦隊司令長官井上成美《いのうえしげよし》中将であった。井上はラバウル港の旗艦「鹿島」（のちに練習艦）の作戦室で、幕僚たちとともに、味方の攻撃隊が敵空母二隻を撃沈したという報告電報を半信半疑で聴きながら、つぎの手を考えていた。

作戦参謀を兼ねていた航海参謀の土肥一夫少佐は、味方の攻撃機は使えるものが十機もないようだが、敵空母二隻が沈没しているならば、それでも再攻撃に出すべきであると考えた。敵艦載機は全滅して出てこないはずだからである。

ちょっと説明するが、そのときまでに受けていた報告では、使用可能の攻撃機（艦爆と雷撃機）は十機足らずと見られていた。

攻撃隊が帰ってきて、無疵《むきず》の「瑞鶴」に着艦しはじめると思われるころ、土肥が「総追撃」の命令書を作成し、先任参謀の川井巌大佐、参謀長の矢野志加三大佐らのサインをもらって、井上に提出した。すると井上は、左手の人差指で命令書をたたきながら、

「間に合うかい」

といった。土肥は井上がなぜそういうのか不審に思ったが、自信があったので、

「間に合います」

と答えた。井上はそういう土肥の顔を注視していたが、

「そうか」

といって、自分もサインをした。

土肥は命令書を井上から受け取り、すぐさま隣りの暗号室にまわした。

ところが約五分後に、暗号室から大声がかかった。

「第五航空戦隊司令官より、ワレ北上ス」

第五航空戦隊司令官とは原忠一少将で、北上というのは、南方にいる米国機動部隊の残存艦隊からはなれるということである。

土肥がその電報の発信時刻をただすと、十五分前であった。こちらからの「総追撃」電報が原のところへとどくのは、やはりこれから十五分後になる。五航戦の北上開始から約三十分後である。

そのころはもはや、五航戦の戦意は消えているであろう。

思わぬ結果にどうすべきか、土肥は迷った。そのとき、井上がいった。

「攻撃を止め北上せよ」

まるで分かっていたようであった。

ただちに「総追撃」電報の発信が取りやめられ、「北上」の電報が発信された。

瀬戸内海柱島の「大和」の連合艦隊司令部は、原の「ワレ北上ス」という電報は受信できていなかったが、井上のこの電報は受信した。そのために、井上が独断で追撃中止を下令したものと判断した。しかし、敵艦載機の脅威もなくなった現況で、なぜ追撃を中止したのか不可解であった。そこで第四艦隊司令部宛てに、事情を報告せよと打電した。

ところが、しばらくすると、その報告のかわりに、「ポートモレスビー攻略を無期延期する」という、ますます不可解な電報がとどいた。

それを見た連合艦隊司令部の幕僚たちは、井上は「祥鳳」一隻の沈没だけで臆病風をふかせ、敗戦思想に陥ったと憤激した。宇垣らは山本の承認を得て、午後八時に、「コノ際極力残敵ノ殲滅ニ努ムベシ」の電令を発した。

井上は、この連合艦隊命令に従い、重巡「妙高」「羽黒」中心の第五戦隊と、五航戦に追撃を指令した。両隊は九日早朝から再び南下した。しかし、もはや米国艦隊はどこにも見当たらなかった。

午後おそくなり、連合艦隊司令部もついに追撃を断念し、第五戦隊と五航戦を第四艦隊の指揮下からはずし、急遽、帰国を命じた。ミッドウェー作戦に参加させようというのである。

これで珊瑚海海戦は終わった。

「祥鳳」が沈没し、五航戦もいなくなっては、輸送船団がポートモレスビーまで無事にたどりつくのは絶望的となり、この攻略作戦も中止となった。

日米機動部隊同士の初の決戦は、6対4で日本の勝利といえるものであった。しかし、ポートモレスビー攻略が失敗という点ではアメリカの勝利であった。

この珊瑚海海戦には、ただちに日本海軍が取り入れるべき重要な戦訓が多数あった。その中で、めだつものをあげてみる。

一、日本の連合艦隊は、ミッドウェーからハワイ方面へ進もうとしている。

米英豪連合軍は、豪州・ニューギニアから、フィリピン方面へ進もうとしている。そのためポートモレスビー攻略は容易なものではなく、一段と強力な機動部隊で支援しなければ成功はのぞめない。
二、米国海軍の戦意はさかんで、日本艦隊に勇敢に攻撃を加えてくる。その機動部隊の戦力は予想以上で、侮るべき相手ではない。
三、綿密・迅速・正確な索敵が死命を制する。
四、米国機動部隊の迎撃戦闘機と対空兵器は威力があり、その対策が必要である。
五、米雷撃機は、二千から三千メートルという日本の倍以上の遠距離から魚雷を発射し、その速力も遅い。これは、見張りと操艦で十分回避できる。
六、それに反し、米急降下爆撃機は、気づかぬところから急に爆弾を投下してくるおそれがあり、命中率も低くない。これを防ぐには、味方の直衛戦闘機、対空兵器は、急降下爆撃機だけに焦点をしぼって戦うべきである。
七、敵飛行機に対しては、一発必中主義など通用しない。弾幕射撃が有効である。
これらのことは、「瑞鶴」「翔鶴」が内地に帰り、山本連合艦隊司令長官や伊藤軍令部次長の耳にも入った。しかし、連合艦隊司令部、南雲機動部隊、軍令部とも、注意深く仔細《しさい》に検討してそれを実際に取り入れようとは、まったくといっていいほどしなかった。

米国機動部隊に対しては、五航戦が弱いから飛びかかってきたので、ベテランの一航戦・二航戦が出ていけば、しっぽを巻いて、まず出てきやしないとタカをくっていた。また、仮りに出てきても、こっちはチョロい五航戦とちがうから、取り逃がすようなヘマはやらない、一コロでぜんぶ撃沈すると、せせら笑うありさまであった。

第四艦隊司令長官の井上成美にたいしては、山本はじめ連合艦隊司令部幕僚全員、永野はじめ軍令部員多数、嶋田はじめ海軍省職員多数、その他各艦隊の将兵多数が、ぼろくそに批判をした。

「またも負けたか第四艦隊」、「頭がよすぎて戦《いくさ》が下手だ」、「口ばかりの腰抜け」、「バカヤロー」などの悪口が乱れ飛んだ。

海相の嶋田などは、将官人物評のメモに、

「ウエーキ、コーラル（珊瑚）海、戦機見る明なし。次官の望みなし。徳望なし。航本の実績上がらず。兵学校長、鎮長官か。大将はダメ」

と酷評を書き残している。

もっとも嶋田については、戦後井上は、「三等大将・国賊」と、それ以上に酷評しているから、その点はお互いさまである。

山本は、五月二十四日付の親友堀悌吉《ていきち》への手紙で、「井上はあまり戦はうまくない」と書いている。

のちのことだが、岡田啓介大将が井上を海軍大臣に推薦したところ、伏見宮は、「珊瑚海での井上は……」と反対したという。

天皇からも嶋田に、「井上は学者だから、戦はあまりうまくない」というお言葉があったという。

しかし、これらの批判は、すべて表面的な現象だけを見てのもので、的確とはいえるものではなかった。

とくに、五航戦航空兵力の甚大な損害と、艦艇の燃料不足の状態を知っていれば、このような批判ないし悪口雑言は、それほど出なかったと思われる。

珊瑚海海戦が終わったあと、参謀の土肥は井上に聴いてみた。

「長官は、私が追撃命令書を提出したとき、どうして、『間に合うかい』といわれたのですか？」

ところが井上は、にこっと笑っただけで何も答えなかった。

それから何日かたって、土肥がもういちどおなじことを聞いた。しかし井上はやはり笑っただけであった。

それについて土肥はいう。

「井上さんは原さんの性格をよく知っていて、私が追撃命令書を提出したときは、原さんはもう北上をはじめていると見ていたと思う」

だからといって井上の総指揮官としての責任が消えるわけではないが、井上の「攻撃を止め北上せよ」という電令の一つの理由がここにあったと思えるのである。

しかし、ここでいちばん問題なのは、「井上は戦が下手だ」とかなんだとかいうことよりも、海軍首脳部がすべて、海戦の内容をよく調べようとしないことであった。

彼らが井上を侮り、珊瑚海海戦を軽く見たために、その貴重な戦訓はほとんど省みられずに放置された。その報いが、やがて彼らにふりかかっていく。

ミッドウェー海戦前の密会

連合艦隊旗艦「大和」は、五月十三日午後、整備・補給・乗員の休養のために呉軍港に入港した。港内は大小艦船でいっぱいであった。

「大和」の乗員は、この日から十九日朝まで、整備・補給と休養に過ごした。多くの乗員は妻子と会ったり、飲食遊興を楽しんだ。心配ごとなどは何もなさそうにのんびりしていた。ハワイへ出撃する前の、触《さ》われば切れそうな気配はどこか遠くの空へ飛んでいた。

山本は上陸して、東京の河合千代子に電話をかけた。ぜひとも呉まで出てきてくれと、彼はくりかえしいった。

当時千代子は肋膜《ろくまく》炎で病状が重く、遠出ができるような体ではなかったが、山本のたっての頼みにほだされた。死んでもいいという気持になり、呉に行くことにした。

千代子が乗った呉線回り下関行寝台急行は、その夜の十時三十分に東京駅を出発し、翌日午後早々に呉駅に到着した。

プラットフォームには、ひと目でそれと分かる小柄でずんぐりとした男が立っていた。五月半ばというのにインバネスを羽織り、ソフト帽をかぶり、黒めがねをかけ、マスクまでして、明らかに人目を忍ぶ姿であった。

千代子が列車から降りるのを、山本はかかえるようにして助け、それから彼女を背中におんぶして歩き出した。

下り列車のプラットフォームから駅の外に出るには、線路の上にかかった陸橋を渡らねばならなかった。山本は千代子をおんぶしたまま陸橋を上り、下って、駅の外に待たせてあった二台の人力車まで歩いた。

人力車に乗った初老の男と中年の女は、ほどなく割烹《かっぽう》旅館「華山」に入った。

病み衰えていた千代子は、しばしば注射を打ってもらいながら、ここで山本と数日を過ごすことになった。

山本と千代子のこの逸話は、元海軍中佐のT氏に聞いたものである。T氏は戦後、河合千代子に二度会った。そしてこの逸話の真偽をそのつど確かめた。

「ああいう話があるけど、あれはちがうでしょう」

という質問に対して、彼女は、

「いいえ、そのとおりですよ」

と、二度ともおなじようにこたえたという。

六十歳にちかいおやじが、それも三週間後には国家の存亡を賭ける大作戦をひかえる連合艦隊司令長官が、こんなことをするとは思えない、というのがふつうである。しかし、山本はそれをやった。

海軍士官の隠語の中に、「インチ」という言葉がある。インチメイト（親密な）の略で、馴染《なじみ》の女ということである。だいたいは芸者かその他の水商売の女だが、この場合は、愛人とか情婦というほど密接な関係ではない。どちらかというと、夜の相手としてのいい女というものである。だから海の男には、港々に「インチ」ありというようなものであった。

山本にとっての千代子は、そういうインチではなかった。また、愛人とか情婦というよりも、恋人といった方がぴったりするような女であった。

千代子と一緒にいるときの山本は、海軍大将でも長官でもなく、山本帯刀の跡継ぎでも人の夫でも父親でも何でもなくなるらしい。バカまる出しの、たあいもないおとうちゃんになってしまうらしかった。

いってみれば千代子は、山本が悩みでも弱味でもなんでもさらけ出せる、心安らぎの弁天みたいな女であったようだ。

いまの山本の目の前には、ミッドウェーはじめ困難が山積みで、心身は凝り固まっている。それを解きほぐしてくれるのは、千代子以外にない、と山本は思ったのではなかろうか。

苦しいときの神だのみというが、山本の場合は、苦しいときの千代だのみであった。

神といえば、山本には信仰というものはなかったようだ。

前記の横山一郎は、戦後の昭和三十年に、宇宙の広大さからすると、人間などは虫ケラかゴミみたいなものだと悟ってクリスチャンになった。その横山は、つぎのようにいう。

「山本さんは神を信仰する人ではなかった。だから、自分にできないことが可能になるような祈りを持っていなかった。自分にできる範囲で一生懸命やったが、やはり力がおよばなかった。

東郷さんは神への信仰が篤《あつ》かった。たとえば、日露戦争のとき、出征後最初に『天佑を確信して連合艦隊の大成功を遂げよ』という命令を出している。また、日本海海戦の詳報でも、冒頭に『天佑と神助により』と書き、末尾に『御稜威《みいつ》の致す所にして固《もと》より人為の能くすべきにあらず。特に我が軍の損失致傷の僅少なりしは歴代神霊の加護に由る』と記している。

僕は、そこが大事なところだと思う。天命を信じ、天命を行えるようなことをやらなければ、ものごとは成就しない。それが戦争の場合には戦運というものになるのだが、東郷さんにはそれがあった。バルチック艦隊が対馬海峡に来たのは、東郷さんに戦運があったからだ。

秋山さん（註・真之《さねゆき》参謀）は合理主義のかたまりみたいにいわれているが、そのうえに信仰があった。だからやはり、秋山さんにも戦運があったと思う。日露戦争が終わり、最後には神がかりになってしまったほどの人だったが。

山本さんは、最初はうまくいったが、あとは天命がマイナスに働くようになり、うまくいかなくなった。山本さんには信仰がなく、そのために戦運もなかったのだと思う」

元海軍少佐の筑土龍男は、雑誌『東郷』の昭和五十八年八月号に、「東郷元帥の信仰」と題して、つぎのように書いている。

——昭和四十三年に刊行された野村直邦氏編の「元帥東郷平八郎」の一節に「敬神」という見出しで次のように記されている。

元帥は正しい意味における信仰の英雄というべきで……

（中略）

連合艦隊解散の時の訓示においては「神明は唯平素の鍛錬に力め、戦はずして既に勝てる者に勝利の栄冠を授くると同時に、一勝に満足して治平に安んずる者より直ちに之を褫《うば》ふ」と懇諭する等、常に神明の存在に対して、身を低うして、己の至誠と正義とをもって謙虚に処していった偉大な武人である。

（後略）

この偉大なものを元帥は神明と名づけ、それを信念として信仰の域にまで持ち上げておられたことが訓示や報告の端に現れているものと思われる。

そしてこれを決定づけたのが、大正三年の東宮（昭和天皇）御学問所総裁としての七年間であった。その大任を拝命した際の一首

おろかなる心につくす誠をば

みそなはしてよ天つちの神

はまさに宗教者としての透徹した心境であったに違いない。

むろん寡黙な元帥は教説など垂れたことが絶無であったのはもちろん、己の信奉するのがいかなる神か宗派かについて語られたこともない。おそらく宗教宗派を超越した「偉大なるもの」に一切を捧げられたのであろう。

（中略）

元帥は、神の問題について語られたことはないが、神に対する考え方の一端についてこんな話がある。

日露戦争後、元帥が某地を廻られた時、多数の小学生が迎えたが、その中に一人、旗も振らずにじっと元帥を見つめている児童があった。後で先生がその理由を聞いたところ彼は、「先生は東郷さんは生き神様だと言ったけれど、神様じゃなく普通の人間だった」と答えたという。

誰かがそのことを元帥に伝えたところ、旗艦三笠の絵葉書に「在精神」と書いて送ってこられた。元帥は自分が生き神様と言われたことは別にして、神というものは、あると思う人にはあるし、ないと思う人にはない。神はそれを考える人の心の持ち方次第である、と仰言《おつしや》られたのである――

このようなものを読むと、東郷という人物は、無口で面白味のないカタブツのように思われる。

ところが実物は、意外にイキなところも大ありのおじさんだったらしい。

海軍には、「名士」という言葉があった。辞典では「世間によく名を知られた人」とあるが、海軍では、奇行に富む人物を「名士」といった。黒島参謀もその一人。しかし彼には面白味がなかった。そこへいくと、兵学校第三十期の都留雄三大佐という人は、帝国海軍きっての痛快無類の「大名士」であった。この人のヘル談（註・HELP＝助ける＝助平。つまりエロばなし）は、話がはじまる前からおかしく、話がはじまればたちまち腹の皮がよじれ、あごがはずれ、息もつけなくなるほどのものであったらしい。東郷のとなりの宮崎県生まれで、今はやりのひょうきん族の元祖みたいなおじさんだった。

彼の奇行についてこんな逸話がある。

昭和はじめの十月、海軍大演習終了後の研究会のときである。

討論が終わり、いよいよ総括というときに、青軍審判長のA少将が立ち上がり、

「演習終結が発令せられたる直後、青軍（註・相手は赤軍）の某主力艦において、副砲が一発発砲せられたることは、まことに遺憾である」

ときびしく発言した。

いわれてみれば、なるほど命令違反で、事は重大というべきものであった。

（某主力艦とはどのフネだ。艦長はどう釈明するのか）

列席の面々は、みな緊張し、視線を左右に走らせた。

すると、会場の隅の方でのそっと立ち上がったずんぐりむっくりの大佐がいた。彼は、

「いまいく、いまいくという大事なせつなには、誰に止めろといわれても、止められるものではありません」

と発言した。

しーんと静まりかえっていた満場は、とたんに、

「ワーッ」

と爆笑のウズと化し、誰が止めようとしても止まらなくなってしまった。

いちばんえらい軍令部長も目尻を下げて、口をあんぐりあけている。

これで一時は、誰をもはっとさせた一件も、某主力艦には無関係の、特務艦のひょうきん艦長都留大佐の一声で、おとがめなしで終わったのである。

こういう都留大佐は、東郷だろうが神様だろうがおかまいなしで、そのウラ話を、若い士官たちに、とくと話して聞かせたようだ。

元海軍大佐で兵学校第五十期の寺崎隆治は、昭和二年、軽巡洋艦「五十鈴」乗り組みのとき、都留艦長にこんな話を聞いた。

「東郷さんはね、青年士官のころはなかなかの元気者だったんだ。

Sプレイ（SはSINGER＝歌手＝芸者。芸者あそび）でも、抜かずに六発したといわれるほどだった。

抜か六というのは、そこから出た言葉なんじゃよ」

元海軍大佐で兵学校第五十二期の長谷川栄次は、『日本海軍風流譚』三（ことば社）に、「東郷平八郎元帥とエロチック妙智観音」というのを書いている。

要点を説明する。熱海に「妙智観音」というのがある。女体が腰かけて両膝《ひざ》を開き、局部を明けっぴろげにしている。これこそほんとうの「観音」開きである。

この観音は昔、伊予の村上水軍の守り本尊であった。全軍の士気を鼓舞し、航海安全と戦勝を祈願し、あるいは安産を祈願した由緒あるものであった。

これを村上水軍の子孫で、山本権兵衛海軍大臣の秘書をしていた村上真一が、伊予から沼津の牛臥山に移し、さらに昭和三年に熱海に移したものである。

熱海に移すとき村上は、親交ある小笠原長生中将を通して東郷に、この観音の名付親になってくれるように頼んだ。

東郷は快諾し、どういう考えからか「妙智観音」と名づけ、自ら「妙智観音堂」の扁額を揮毫《きごう》した。その扁額は、今もそのまま、人間のふるさとを見せる観音を安置した堂の上に掲げられているのである。

話が山本と東郷の信仰のことになった。しかしここで、山本には信仰がないからだめだ、東郷には信仰があるからいいという結論はさしひかえたい。それよりも、これまでのいろいろのことから、山本と東郷の性格というか人柄というものを考えてみたい。

山本は、才に溢れた自信家で、己を恃《たの》み、人や神を頼らずという人物のようである。

東郷は、才のない己を知る努力家で、人と神の助けを求める人物のようである。

この人柄は、連合艦隊司令長官としての指揮統率ぶりにも、それぞれそのまま表われているように思われる。

さて、さきに山本の場合は、苦しいときの千代だのみと書いた。しかし、千代子から戦運を引き出すことは、無理であった。

五月二十七日、第三十七回海軍記念日の日に、宇垣は、

――午前六時機動部隊（註・南雲部隊）出撃す。奮闘を祈る――

と書いた。

おなじこの日、山本は、東京に帰っていた河合千代子に手紙を書いた。

――あの身体で精根を傾けて会ひに来てくれた千代子の帰る思ひはどんなだったか。

（中略）

私の厄を皆ひき受けて戦ってくれてゐる千代子に対しても、私は国家のため、最後の御奉公に精根を傾けます。その上は―万事を放擲して世の中から逃れてたった二人きりになりたいと思ひます。

二十九日にはこちらも早朝出撃して、三週間ばかり洋上に全軍を指揮します。多分あまり面白いことはないと思ひますが。今日は記念日だから、これから峠だよ。アバよ。くれぐれもお大事にね。

うつし絵に口づけしつつ幾たびか

千代子と呼びてけふも暮しつ——

これで戦運が山本につくのであれば、世の中こんなけっこうなことはないと思われるような内容であった。

一方、ミッドウェー攻略作戦の戦備状態は、どういうものであったろうか。日を追って見ていきたい。

五月十五日に、ツラギを出発した日本の飛行艇が、その東方、約四百五十浬《かいり》に、空母二隻の米国機動部隊を発見した。翌日、再び捜索に向かったが、行方は判らなかった。連合艦隊司令部は、珊瑚海海戦で二隻の米空母が沈没したので、その穴埋めに豪州方面に行ったのではないかと見た。そうだとすれば、ハワイには、せいぜい一隻しか空母は残っていないことになる。それではミッドウェーに出てこられまいと判断した。

五月十七日には、珊瑚海で大破した「翔鶴」が、夕刻呉に入港した。午後七時ごろ、山本と宇垣は「翔鶴」に行き、損害状況を聞き、負傷者を見舞った。しかし、肝心の戦訓については、身を入れて聞こうとはしなかった。

五月二十五日に、柱島の「大和」に連合艦隊首脳が集まり、MI、AL攻略作戦の打ち合わせ会があった。当時、AL作戦に参加する第五艦隊の参謀長の中澤佑《たすく》大佐は、そのもようを、つぎのとおり書き残している。

——打合せも、山本長官挨拶の後、宇垣参謀長及び黒島首席参謀より、作戦計画の概要について説明があったにすぎない。その情況次のとおり。

㈠作戦目的は、

1　MI（註・ミッドウェー）島攻略に重点を置き、

2　敵艦隊出現せば、鎧袖一触、一挙にこれを撃滅する。

との自信満々たるもので、敵出現に対する判断に欠けているように思われた。

㈡機密保持に関しては特に強調されず、この点、真珠湾奇襲作戦の時とは雲泥《うんでい》の差があった。

㈢MI作戦主力部隊（註・山本直率の戦艦部隊）と、機動部隊（註・南雲部隊）の航行序列は極めて粗大で、その距離は六〇〇浬あり（註・主力部隊が機動部隊より遙か後方）、私は、「この警戒航行序列は余りにも広大で且つ荒く、敵の索敵兵力が潜入したり、わが方として敵を見落す虞《おそ》れがあるので、もっと緊縮して互に協力し易くする必要があるのではないか」と強調した。これに対し、黒島首席参謀は「これで大丈夫、変更する必要はない」と答えた。

更に草鹿龍之介航空艦隊参謀長は立って「機動部隊は主力部隊の支援を期待しておらぬ、自ら敵を索め敵出現せば独力で、これを撃滅する、主力部隊は適宜続航せば宜しい」と自信過剰の発言をされた。

私は自隊に直接関係のない事項であったので、これ以上論議することは遠慮した。私が五月二十六日大湊在泊の第五艦隊旗艦那智《なち》に帰艦後、主力部隊と機動部隊との距離を三〇〇浬に改める旨の連合艦隊命令電を受領した。連合艦隊司令部は私の意見により考え直したものと推察した——

ついでなので、主力部隊が機動部隊の後方三百浬を進んでいると、戦闘はどのように行なわれるか、一航艦の源田参謀が書いたものを参考として紹介しておきたい。

——母艦部隊が三〇〇浬前方で決戦を交えているので、これを支援しようとして主力部隊が全速力で進撃しても、自分の大砲が敵に届くようになるまでには少くも十五時間はかかる。母艦群の戦闘は、両軍の主攻撃隊がお互に一撃加えれば、勝敗の大勢は決してしまうのが通例で、せいぜい長くて六時間程度のものである。随って、機動部隊の勝敗が決した時に於いて主力部隊は尚二〇〇浬も後方に居る訳である。これでは支援しようにも手の施しようがないのである。

（中略）

先ず最も無難な配備は、主力部隊と機動部隊を一つにして全兵力を母艦群の周囲に配すべきであったと思われる――

中澤の文中にある草鹿の言葉は、連合艦隊司令部にたいする皮肉であるし、不満の裏がえしというものであろう。

ともかく、主力部隊がこの位置では、出てきた敵に決戦を挑むといっても挑めるわけがなく、カッコウだけというのは、源田が指摘するとおりと思われる。

それならば、なぜそのようなムダなことをするのかというと、ハワイ空襲終了後の戦艦部隊のお祭り航海とおなじで、加俸や勲章のためだという説がかなりある。そうだとすれば、機動部隊の将兵たちは、ますますバカバカしい気持になるというものであろう。

五月二十八日に、連合艦隊の三和参謀はつぎのとおりの日記を書いた。

――愈々《いよいよ》明日は出陣なり（註・南雲部隊は五月二十七日に出撃した）。連合艦隊出動の出陣なり（註・山本直率の戦艦部隊その他）。敵は豪洲近海に兵力を集中せる疑いあり（註・米国機動部隊のこと）。かくて大決戦はできず。われはこれをおそる。

よき敵に逢はしめたまへ千万《ちよろづ》の

神よわれらの赤心《まごころ》を賞《め》で――

航空甲参謀の三和がこういう日記を書くということは、山本はじめ幕僚全員が、米国機動部隊は豪州方面に集中していて、ハワイにはいず、したがってミッドウェーには出てこないと判断をしていたものと思われる。

かならず待ち伏せをしていると考えていた者は一人もいなかった。南雲機動部隊でもおなじであった。

源田実は、その著の中で、

――開戦以来の戦闘経過から推して、敵側の戦意は極めて低いものであると思っていた――

と、米国海軍を見くびっていたことを告白している。また、

――敵の主力部隊が仮令《たとえ》出撃するとしても（註・ハワイから）、我軍がミッドウェー攻略を開始してからであろうという判断を支配的なものにしていた――

と、書いている。

機密は保持されていて、ハワイ作戦同様、奇襲に成功すると思っていたのである。

ここでもういちど、ミッドウェー攻略と米国機動部隊撃滅と、どちらを主目的としたかを見てみたい。

連合艦隊の一般方針、作戦要領からすると、ミッドウェー攻略が主目的であり、一歩ゆずっても、両方同等の目的であることは、前述したとおりである。

前記の中澤第五艦隊参謀長の手記では、「MI島攻略に重点を置き」「敵艦隊出現せば、鎧袖一触、一挙にこれを撃滅する」と、明らかにミッドウェー攻略が主目的となっている。

また、連合艦隊司令部は、源田参謀とおなじく、米国機動部隊がハワイから出撃するとしても、味方がミッドウェー攻略作戦を実行しはじめてからになるだろうと判断していた。これは、敵陸上基地攻撃を存分にやれ、敵機動部隊はそれからハワイを出てくるのだから、時間は十分にあるということになる。

こんな話もある。

珊瑚海海戦後、トラック島に帰っていた第四艦隊司令部に、五月半ばすぎ、連合艦隊司令部の渡辺戦務参謀と有馬水雷参謀がたずねてきた。第四艦隊の幕僚たちが話を聴いていると、二人ともミッドウェーの島を取ることばかりいっている。米国機動部隊が出てくるなどということは一言もいわない。

そこで、第四艦隊の土肥参謀が渡辺に質問した。

「渡辺さん、それだけの大兵力を持っていくならミッドウェーは取れるでしょう。しかし取ったあとの補給は誰が担当するんですか」

「四艦隊だよ」

「じょうだんじゃありませんよ。トラックから六百浬のマーシャル諸島への補給でも音を上げているんですよ。そのマーシャルからまた千三百浬も先のミッドウェーまでなんて無理ですよ」

押し問答になっていると、川井先任参謀が口を開いた。

「渡辺君、そんならね、母艦一隻の航空戦隊をつけてくれるか？」

「とんでもない。そんな余裕はありませんよ。それじゃあ、こんな四艦隊みたいな勢いのないところに頼みません」

「ほう、それじゃどこに頼むかね」

「十一航艦（註・第十一航空艦隊、司令長官塚原二四三中将、司令部がテニアンにある陸上機部隊）に頼みますから」

土肥はおどろきあきれた。その十一航艦への補給は、第四艦隊がやっていたからである。

ミッドウェーを攻略するのと、米国機動部隊を撃滅するのと、どちらが主目的だったかということについて、土肥はつぎのようにいっている。

「敵の機動部隊を撃滅するのが主目的だったなんて、みんなミッドウェーでやられてからいいだしたものだ」

こうしてみると、ミッドウェー作戦の主目的は米国機動部隊の誘出撃滅で、攻略はその方便だったというのは、どうやら連合艦隊司令部の責任を回避しようとしての、あとからのメイキングという気がする。

それにしても、連合艦隊司令部、南雲部隊の情勢判断は、信じられないほど甘かった。「敵は豪州方面に集中していて、ミッドウェーには来ないだろう」とか、「敵の戦意は極めて低い」とか、相手の動向をよく調べもせずに、決めている。

二月以来、米国機動部隊は、太平洋各地を縦横無尽といっていいくらいに暴れまわっている。四月十八日には、日本本土に決死的な空襲をしかけてきた。ついさいきんは、珊瑚海で勇敢に戦い、こちらの「祥鳳」を撃沈し、「翔鶴」を大破させている。

それでも、連合艦隊司令部は、敵を知ろうとしなかったのである。

しかし、米国機動部隊が、こちらの予想をうらぎって南雲部隊の隙《すき》を衝《つ》いてくることを、ぜんぜん考えないわけではなかった。

前記したが、宇垣は、

――艦隊戦闘の項目中、敵に先制空襲を受けたる場合或は陸上攻撃の際敵海上部隊より側面を敲《たた》かれたる場合如何《いか》にするやの質問に対し、参謀長（註・草鹿）は斯《かか》る事無き様処置すると極めてあっさりしたる解答あり。追究したる質問に対し源田参謀は（中略）敵に先ぜられたる場合は現に上空にある戦闘機の外全く策なしと悲観的自白を為《な》せり――

と、戦闘終了後に痛恨をこめて書いている。しかし、そういう大事について、事前に万全な対策を決めたかというと、決めていない。まあそういうことは起こらないだろうという考えだった。一抹の不安は、残されたままになった。

この一抹の不安が、やがて宇垣が書いているように痛恨の後悔となるのだが、その不安ということについて、源田はつぎのように述べている。

――飛行機隊の半数以上のものがミッドウェイ空襲に出掛けた後に敵の機動部隊が発見せ

られ、横合いから殴込みをかけられた場合などを想像すると、不安でならないものがあった。（中略）結局落着いた所は、ミッドウェイの西北方から予定の日に空襲を実施するという極めて平凡なものになってしまった。

計画を終ってからも、私は自分乍ら自信が持てなかった。「攻撃計画には自信がない」などと言うことは発表出来る性質のものではないから誰にも言いはしなかったけれども、内心の不安は打消すべくもなかったのである。その中にも真珠湾からラバウル、印度洋に至る一連の成功が、

「今度も成功するだろう。真珠湾やセイロンだって矢張り不安はあったのだ」

という自己満足的なものを生み出して、不安の根源に対して徹底的な「メス」を入れることをしなかった。私としては、もっともっと、仮令《たとえ》「臆病者」と罵られても、この点に就いて更に深い検討を加えると同時に、必要な意見具申も更に強くすべきであったと思う——

この源田の一文は、ミッドウェー作戦計画立案についての核心を衝《つ》くもので、源田のいうとおり、一抹の不安もなくすまでやれば、まちがいはなかった。

ここが明治の秋山と源田のちがいであったと思われるし、また、東郷を中心とする司令部と山本を中心とする司令部のちがいであったとも思われる。

もっとも、東郷・秋山であったら、米国機動部隊の日本本土奇襲を防止するためにミッドウェーを攻略するなどという、非理論的な作戦はやらなかったにちがいない。

それにしても山本は、一抹の不安とか一抹の気がかりといったものを、つきつめて考えるということをしない人物であったようだ。ハワイ作戦の最後通告の遅れとか、第二回攻撃取り止めとか、事前に万全な対策を講じていない。

目も眩むような凶報

ＭＩ、ＡＬ作戦は、五月下旬に並行して発動された。

アリューシャンをめざす第四航空戦隊の空母「龍驤《りゅうじょう》」「隼鷹《じゅんよう》」と重巡「高雄《たかお》」「摩耶《まや》」、それに駆逐艦三隻は五月二十六日に大湊を出撃した。指揮官は角田覚治少将である。

ミッドウェーをめざす南雲機動部隊は五月二十七日、第十戦隊の軽巡「長良」と駆逐艦十二隻をさきがけとして豊後水道を出た。第一航空戦隊の「赤城」「加賀」、第二航空戦隊の「飛龍」「蒼龍」の四空母が中心である。珊瑚海で奮戦した第五航空戦隊の「瑞鶴」「翔鶴」は、搭乗員の補充や修理が間に合わずに内地に残った。空母部隊を支援するために、第八戦隊の重巡「利根」「筑摩《ちくま》」と第三戦隊第二小隊の高速戦艦「榛名《はるな》」「霧島《きりしま》」が加わっている。

翌二十八日には、陸軍の一木支隊三千名、海軍特別陸戦隊二千八百名のミッドウェー攻略部隊が十二隻の輸送船に分乗し、第二水雷戦隊の軽巡「神通《じんつう》」と駆逐艦十一隻に護衛されてサイパンを出た。

同日、栗田健男《くりたたけお》中将が率いる第七戦隊の重巡「鈴谷《すずや》」「熊野《くまの》」「最上《もがみ》」「三隈《みくま》」と駆逐艦二隻がグアムを出て、ミッドウェー攻略部隊の掩護《えんご》についた。

また同日、アリューシャン作戦の総指揮官細萱戊子郎《ほそがやぼしろう》中将は、第五艦隊の重巡「那智」と駆逐艦二隻を率いて大湊を出た。

二十九日には、第二艦隊司令長官近藤信竹中将が、重巡「愛宕《あたご》」「鳥海《ちょうかい》」「妙高《みょうこう》」「羽黒《はぐろ》」と戦艦「金剛《こんごう》」「比叡」、第四水雷戦隊の軽巡「由良《ゆら》」と駆逐艦七隻、それに空母「瑞鳳」と駆逐艦一隻を率いて、瀬戸内海の柱島泊地を出た。この部隊は、サイパン、グアムからの攻略部隊と合体することになっている。

同日最後に、山本五十六連合艦隊司令長官直率の戦艦「大和」「陸奥」「長門」と、第一艦隊司令長官高須四郎中将が率いる戦艦「伊勢」「日向」「扶桑」「山城」、また第九戦隊の軽巡「北上」「大井」、第三水雷戦隊の軽巡「川内《せんだい》」と駆逐艦十二隻、第一水雷戦隊の駆逐艦八隻、さらに空母「鳳翔」と駆逐艦一隻、特務艦「千代田」「日進」が、近藤部隊につづいて柱島泊地を出た。これらの主力部隊は前記したように、南雲部隊の後方三百浬《かいり》を進むことになっている。

この全軍は、連合艦隊の総力に近いもので、アメリカ太平洋艦隊の全軍もはるかに及ばない大軍であった。いっそこの全力で、米軍の本拠ハワイに殴り込みをかければ、一挙に米国艦隊を撃滅できるのではないかと思えるほどのものであった。

そのころ米国海軍は、日本海軍の暗号をすべて解読していて、日本艦隊の動向をくわしく知り、それを奇襲すべき三隻の空母による機動部隊の出撃準備を終わろうとしていた。日本艦隊は、暗号が敵に解読されているとは夢にも思わず、ミッドウェー、アリューシャンとも、ハワイ作戦同様に、奇襲に成功するものと思って進んでいた。

暗号が米国に解読されていたことについては、二月二十四日に、ウィリアム・F・ハルゼー中将が指揮する空母エンタープライズの機動部隊第十六任務部隊がウエーキ島を襲撃したとき、捕らえた日本の監視艇の中から暗号書を発見したからという日本海軍側の説がある。しかし米国海軍側では、そのころはまだ日本の暗号書を入手していなかった。正攻法で解読したとしている。

日本開戦時の在米大使館付武官で、暗号の機密保持にさんざん苦労した横山一郎によると、日本海軍は、情報収集と暗号についてはまったく落第で、そのために大敗したことが数知れないといっている。

開戦前に日本外務省の暗号は解読され、アメリカは日本の最後通告を知っていた。しかし日本海軍の暗号は、そのときはまだ解読されていなかった。

横山は暗号の機密保持に全神経をすりへらすほど気をつかった。彼は暗号書だけに頼らず暗号機械も使った。それも使用規定だけで使わず、自分の頭で覚えているコードも加えて使った。

横山のとは別タイプだが、似たような暗号機械が、のちに日本海軍の各艦隊、戦隊などにも配布された。ところが、使い方がめんどうなために、まったくといっていいほど使われることがなかった。

その横山が、日本陸軍の暗号技法には舌を巻いた。トイレット・ペーパー方式と称するもので、キーは一度かぎりで、おなじものを二度使わず、使用規定も一度かぎりというものであった。

海軍の暗号将校から、海軍の暗号のやり方を聞いた陸軍の某将校は、

「暗号書だけに頼ってやっていたら、まもなく必ず解読されますよ」

と、首を横に振っていったという。

陸軍では、大演習のとき、甲軍と乙軍では使う暗号書がちがっていた。そこで互いに敵の通信を傍受して、解読に全力をつくした。その作業は、作戦全般の中でもきわめて重要なものとされていた。

また、おなじ陸軍部内でも、軍司令部、師団司令部、旅団司令部では、暗号書がそれぞれちがっていた。

のちのことになるが、アメリカは、太平洋戦争全期間を通じて、日本陸軍の暗号はついに解読できなかったという。

日本海軍では、大演習でも、敵味方とも同じ暗号書であった。だから暗号解読という作業はありえなかった。

また海軍では、連合艦隊司令部であろうが、駆逐艦であろうが、監視艇であろうが、暗号書はすべて同じであった。だから、通報は速いが、一つが解読されれば、もうおしまいであった。

陸軍では暗号を重視するので、暗号担当将校は、士官学校の成績が最優秀な者が任命されることが多かった。海軍では、海軍大臣、軍令部総長、連合艦隊司令長官とも暗号を軽視していたので、暗号担当将校は、兵学校の成績が中ぐらいの者が任命されることが多かった。

山本も暗号を軽視していた。

山本は、外交と軍政と航空を重視してきたが、あとはこれというほどのものはなく、情報収集とか暗号となると、むしろ性に合わなかったようである。

大正十五年二月から昭和三年二月までの二年間、山本は海軍大佐で駐米大使館付武官をしていた。その間、兵学校第四十六期の山本親雄、ついで第四十八期の三和義勇が彼の補佐官として仕えた。

山本は彼らに、

「成績を上げようと思って、こせこせ、スパイのような真似をして情報なんか集めんでよろしい」

といっていた。

また海軍省から何か調査して報告書を出せという電報が入っても、

「こんなくだらんこと、ほっとけ、ほっとけ」

といって、やらせなかったという。

この話を聞くと、聞きようによっては、山本は器量が大きい大物で、物分かりもいい男だと取る人もあるかもしれない。しかし、山本が「スパイのような真似をするな」とか、「くだらん」といっていることが、果たして必要がなかったかということである。

レーダーも、日本海軍は米国海軍にくらべると、はるかに遅れていた。米国海軍は、珊瑚海海戦でレーダーを有効に使い、日本の攻撃機隊に大損害を与えていた。このミッドウェー海戦の直前には、レーダーを索敵機にも装置して、遠距離から目標物を発見できるようになっていたらしい。

日本海軍は、このミッドウェー作戦のときにはじめて、初歩的なレーダーを装備した。といっても、肝心な南雲部隊の艦には取りつけず、実用にはまったく役立たない後方の戦艦「伊勢」と「日向」に、試験的に取りつけただけであった。

もっとも、南雲部隊にしても、連合艦隊司令部にしても、まだレーダーの恐るべき威力などは、あまり感じていなかった。

レーダーと日本海軍については、こんな話がある。

戦前、アメリカの電波機器メーカーが、日本海軍にレーダーを売り込んできた。しかし、日本海軍では、検討の結果、

「わが海軍には優秀な望遠鏡と双眼鏡がある。それで十分である。このレーダーは電波を出して目標物を捕らえるものであるが、そうすれば、わが方の位置も敵に知られることになる。それは不利である」

として、購入を取りやめたというのである。

では、このミッドウェー作戦に当たっての日本海軍の敵情偵察はどのように行なわれたのであろうか。

連合艦隊司令部は、味方潜水艦部隊や飛行艇による米国機動部隊の動静偵察をいくつか計画し、実行もした。しかし出動が遅れて後手をふんだり、米軍に先手を取られて活動を封ぜられ、すべて役にたたなかった。

六月四日午前六時、攻略部隊の十二隻の輸送船団は、とつぜん米軍のB17哨戒機を発見した。まだミッドウェーまで六百浬、まる三日の航程をのこすところであった。

果たしてその午後には、B17九機が来襲し、爆弾を投下してきた。幸い命中弾はなく、そのまま進撃をつづけた。真夜中には、月明の中で一機の雷撃をうけたが、これまた命中せず、進撃は続行された。

南雲部隊は、味方の輸送船団が敵機に発見されて攻撃された情報を傍受し、その敵機が陸

上機であることを確認して、それほど驚かなかった。

一方、南雲部隊には、「敵艦隊の主力が真珠湾を出撃した」という情報は、どこからも入ってきていなかった。ところが、後方三百浬の「大和」の連合艦隊司令部では、すでに五日前の五月三十日から、それに関する有力な情報をつかんでいた。

宇垣の日記には、

——敵の有力なる機動部隊は五月三十日に布哇《ハワイ》を出港せるの算多きは同日以後多数飛行機の同方面飛行に依り認め得る処なり——

と書かれている。

「大和」の送受信能力と情報分析能力は、日本の艦船の中ではずば抜けて高度であった。「大和」の通信・暗号室は、連日、ハワイ方面のあらゆる送信を注意深く傍受し、それを分析して、米国機動部隊の動静をわり出したのである。

しかし、連合艦隊司令部は、南雲部隊の生死にかかわるこの重要な情報を、同部隊に知らせることを取りやめた。

知らせるために電波を出せば、「大和」の位置が敵に知られ、「大和」が不利になるし、南雲部隊でも、それぐらいの情報はつかんだろうという判断であった。また、仮りにつかまなくても、あの部隊は強いから、敵機動部隊が出てきても勝つであろうというのであった。

南雲部隊がそれをつかまず、図演・研究会のときのように、ミッドウェー空襲中に横合いから突かれたらどうなるかなどということは、いつの間にか、忘れられていた。「大和」の安全をはかり、南雲部隊への送信を取りやめたという処置はいかにも山本司令部らしい感じがする。

山本へのごますり参謀が多いからだという説もあるが、やはり山本の人格が参謀たちにそうさせるのではなかろうか。

日本海海戦での東郷は、砲煙弾雨の中で、捨て身で艦隊を指揮した。いま山本は、安全快適なところで、かっこうよく艦隊を指揮している。

山本は五月二十七日付の河合千代子宛ての手紙で、「三週間ばかり洋上に全軍を指揮します。多分あまり面白いことはないと思ひますが」と書いた。また、「うつし絵に口づけしつつ幾たびか千代子と呼びてけふも暮しつ」とも書いた。

女の写真にキスして悪いということはないが、いかにも気合いが入っていない感じがするのである。

「多分あまり面白いことはない」ということは、ミッドウェー、アリューシャンとも、島は取れるが、米国機動部隊をたたきつぶすチャンスはないだろうということだと思われる。しかし、「大和」の情報分析で、米国機動部隊をたたきつぶし、「非常に面白いことになる」可能性が十分に出てきていた。

ここは一番、「いちぶの隙もなく」「一抹の不安も残さず」、万全の手を打ってしかるべきだと思われるのである。

しかし、山本はそれをしなかった。そして宇垣以下十数名の参謀も、そうさせようともしなかった。

こんなことなら、むしろ「大和」は柱島に残っていた方がよかった。そこならば、余計な心配をせず、いくらでも南雲部隊へでもどこへでも送信ができるからである。

いや、それよりもむしろ、連合艦隊司令部は陸に上がり、「大和」と同等かそれ以上の送受信装置と情報分析機関を持って、全軍を指揮する方がよかったと思われる。

「大和」以下の戦艦部隊が無用の長物となったのも、山本が「大和」に乗っていたからだとさえ思えてくる。山本が「大和」に乗っていなければ、「大和」「陸奥」「長門」ほかの戦艦部隊も南雲部隊と協同作戦ができたのではないであろうか。

「中途半パのロクでなし」ということばがあるが、ミッドウェー作戦での山本主力部隊の出動は、草鹿龍之介がいうとおり、「どうでもよい」ことか、「やらずもがな」のことであった。

翌六月五日午前、一抹の不安が絵に描いたように現実となった。

南雲部隊は、ミッドウェー空襲に熱中して、米国機動部隊発見が、少なくとも三十分遅れた。あわてて米国機動部隊攻撃に態勢をきりかえはじめた。しかし、その態勢がととのわないうちに、米急降下爆撃隊の急襲をうけ、「赤城」「加賀」「蒼龍」はなんらなすところなく大火災を起こし、再起不能に陥った。

残った「飛龍」の攻撃隊は、米空母ヨークタウンを攻撃し、これを大破させた。しかし、「飛龍」もやがて米急降下爆撃隊の攻撃をうけて大火災を起こし、再起不能に陥った。

米国機動部隊は二群あった。一つは、ハルゼー中将に代わった第十六任務部隊司令官レイモンド・A・スプルアンス少将が指揮する空母エンタープライズとホーネットの部隊である。もう一つは第十七任務部隊司令官フランク・ジャック・フレッチャー少将が指揮する空母ヨークタウンの部隊である。このヨークタウンは珊瑚海海戦で大破したが、ハワイに帰り、三日間の応急修理で、この海戦に参加したものである。アメリカの技術がすぐれているというだけでなく、彼らのファイティング・スピリットの旺盛さを示すものであろう。

日本軍は空母四隻で米軍は空母三隻、明らかに日本が優勢であった。

飛行機搭乗員の腕前は、いうならば、日本が一流プロで、米国がプロ一年生であった。珊瑚海海戦のように、それぞれの飛行機隊が同時に母艦を発進して攻撃に向かっていたならば、結果は逆であったにちがいない。

最大の敗因は、索敵の失敗であった。

それについて、南雲部隊の航空参謀で、索敵についての権限を持っていた源田実は、

――六月五日の黎明《れいめい》索敵は、主として水上偵察機を以《もっ》てする一般索敵であった。私達が受取った情報を基礎にして判断していたために、「敵の機動部隊がミッドウェー近海に出撃し

ているだろう」という算は甚だ尠《すくな》いものと考えていた。この先入的判断が愈々《いよいよ》会敵するまで頭のどこかにこびりついていたために、一段索敵という手抜かりをやったのである。母艦の数も今迄に較べて少いし、基地攻撃も単なる破壊作戦とは違って、攻略というものを直後に控えているだけに、艦上機は極力攻撃に振向けたいという考えもあった。又、従来この一段索敵で成功していたということもあった。これらの諸因が重り合って一段索敵をやったために、敵の発見が一時間半以上も遅れてしまったのである。この発見が少くも一時間早かったならば、第二次攻撃隊（註・米国機動部隊攻撃のために各母艦に待機していた）の全力が母艦攻撃に集中出来たのであるから、我方も一隻や二隻の母艦は損傷を受けたかも知れないが、敵側三隻の母艦（註・エンタープライズ、ホーネット、ヨークタウン）凡《すべ》てを海底に葬り去ることは容易であった。若し私が、単に経験のみを頼りとすることなく、数学的に索敵計画を立てていたならば、この索敵計画上の穴は充分に埋めることが可能であったと思う。（中略）索敵の不備は、その計画に当たった私の犯した大きな失敗であった――

と、その著書に書いている。

これを見ると、手抜かりな索敵しかしなかったいちばんの理由は、やはり、米国機動部隊は出てこないだろうという先入観にあったということになる。

しかし彼は、もともとは、前記したように、「攻撃計画には自信がなく、内心の不安は打消すべくもなかった。（中略）仮令《たとえ》『臆病者』と罵られても、この点に就いて、更に深い検討を加えると同時に、必要な意見具申も更に強くすべきであったと思う」と、考えていたはずである。

その源田が一段索敵しかやらなかった。しかし、もし内心の不安があったならば、その不安を解消するために、万全な二段索敵をやったのではなかろうか。南雲部隊の中では、源田が二段索敵をやるといっても、誰ひとり賛成こそすれ反対しなかったであろうし、また「臆病者」と罵る者もなかったであろう。とすると、柱島にいたときにあった内心の不安は、ミッドウェーに来てなくなったのであろうか。

どうもほんとうは、源田にはもともと内心の不安などはなかった、米国機動部隊などは物の数ではないという自信だけしかなかったという気がしてならない。

「赤城」飛行隊長で源田の同期である淵田は、ミッドウェーに来る途中の艦内で、盲腸炎の手術を受け、戦闘に参加できなくなった。

その淵田を病室に見舞った源田は、

「こんどの作戦のことなんぞ、気に病むな。貴様が無理せんでも、鎧袖一触だ。それよりこのつぎの米豪遮断作戦に、また一つ、シドニー空襲を頼むよ」

といったという。

また、柱島の「大和」で、研究会、図演が行なわれているとき、兵学校第六十八期で若い中尉であったI氏は、たまたま源田が、

「零戦がある限り世界も征覇できる」

という意味のことを発言しているのを聞いて、あまりのことにあきれて、怒りさえおぼえたという。

ミッドウェーで、南雲部隊がいよいよ戦闘場面に突入する直前、連合艦隊司令部へ、南雲名の情況判断報告があった。その中に、

「敵ハ戦意乏シキモ、我ガ攻略作戦進捗セバ出動反撃ノ算アリ」

と、敵の戦意が乏しいと勝手に決めている一項目があった。

南雲部隊は、隊の内外から、「源田艦隊」と称されていた。よくも悪くも、すべて源田のいいなりだということらしい。

こうしてみると、源田は、不安に思うどころか、自信満々というか、自信過剰だったのではないであろうか。

もしほんとに「不安」をいだいていたならば、少なくとも二段索敵ぐらいのことはやったはずである。

源田がその著に、なぜ「内心の不安」を強調して書いたのか、よく分からない。

このほか敗因はいろいろある。しかし、それらのことについては、源田、淵田はじめ、多数の人の戦記に、くわしく書かれているので省略したい。

双方の戦果はつぎのとおりである。

（日本軍）

ヨークタウン　爆弾三発命中、魚雷二本命中、大破。

ただし、このヨークタウンは、六月七日、田辺弥八艦長の伊号第百六十八潜が魚雷二本を命中させて撃沈した。なおそのとき、同空母に横付けしていた駆逐艦ハンマンも同時に撃沈した。

（米軍）

赤城　爆弾二発命中、誘爆大火災、のちに味方駆逐艦の雷撃で自沈。

加賀　爆弾四発命中、誘爆大火災、のちに大爆発を起こして沈没。

蒼龍　爆弾三発命中、誘爆大火災、のちに沈没。

飛龍　爆弾四発命中、誘爆大火災、のちに沈没。

人員、飛行機などの日本側の損失は、戦死約三千名、うち搭乗員百名以上、飛行機喪失約三百二十機という、実に惨憺《さんたん》たるものであった。

これらはすべて、連合艦隊司令部も連合艦隊司令部なら、南雲部隊司令部も南雲部隊司令部だとしかいえないような、指揮官・参謀らの思い上がりによる誤判断の結果であった。

話は別だが、むかし山本は、日本海軍に愛想をつかしたことがある。

昭和九年十二月に、山本の同期の親友堀悌吉《ほりていきち》中将が、加藤寛治、末次信正らの軍縮条約締結反対派の策動によって、とつぜん予備役に編入された。当時山本は、軍縮会議予備交渉の海軍側首席代表でロンドンにいたが、この話の詳細を、やはり同期の吉田善吾の手紙で知り、落胆して堀へ手紙を書いた。

——如此《かくのごとき》人事が行はるる今日の海軍に対し之が救済の為め努力するも到底六《むつ》かしと思はる。矢張り山梨さん（註・勝之進大将）が言はれる如く海軍自体の慢心に斃《たお》るるの悲境に一旦陥りたる後立直すの外なきにあらざるやを思はしむ——

それが、このミッドウェー海戦の敗北で、そのとおりになったような感じがする。ただし、ミッドウェー海戦での敗北は、あまりに大きすぎて、再び建て直すことができなくなり、やがては日本海軍も消滅することになる。

ところで山本は、南雲部隊大敗の報告を、どのような気持で聞いたであろうか。前に、ハワイ空襲の第二回攻撃についてのくだりで、元連合艦隊司令部従兵長近江兵治郎の手記を紹介した。ここでまた、山本がミッドウェーからの敗報をどんな様子で聞いていたか、同人の手記を紹介したい。おなじく、雑誌『プレジデント』の〝ザ・マン〟シリーズ「山本五十六」に掲載されたものである。

——旗艦（註・「大和」）の作戦室では山本長官が渡辺参謀を相手に将棋を指している。何故にあの大事な作戦行動中、しかも空母が次々と撃沈されていくとき将棋をやめなかったのか。あのときの長官の心境は、あまりにも複雑で痛切で、私ごときの理解をはるかにこえるものだったのだろう。連合艦隊付通信長が青ざめた顔をして、空母の悲報を次々と報告に来る。この時も、長官は将棋の手を緩めることなく、「ホウ、またやられたか」のひと言だけだった——

この逸話は事実にちがいない。

山本は、マレー沖海戦のときには、味方中攻隊がプリンス・オブ・ウェールズとレパルスに攻撃をかけるために出撃したとき、三和航空甲参謀とビールを賭けた。

こんどは、南雲部隊の攻撃隊の発艦を前にして渡辺戦務参謀と将棋を指しはじめた。

ハワイ真珠湾攻撃のときは、このようなことはせず、待つだけであった。

山本が将棋を指しはじめたのは、なぜであろうか。敵の陸上雷・爆撃機や艦上雷撃機多数の攻撃をうけながら、味方の攻撃隊がいつまでも発艦ができないでいるのに待ちくたびれ、それをまぎらわすためにはじめたのであろうか。山本にしても、一航戦、二航戦の実力は十分に知っている。飛び立つことができさえすれば、あるいはまたマレー沖海戦のときのように、こんどは渡辺相手にビールを賭けようと思っていたのかもしれない。

ところが、攻撃隊がまもなく発艦するであろうというときに、「加賀」「赤城」「蒼龍」がつぎつぎに爆撃をうけて大火災を起こし、攻撃隊も潰滅した。

これは悲報というようなナマやさしいものではなかった。目も眩《くら》むような凶報であった。こうなったとき、ほんとうは山本は、一人になりたい気持になったのではなかろうか。しかし、作戦室には多数の部下がいた。いま彼らは、山本の一挙手一投足に、針のむしろに座ったような気持でちらちらと視線を向けている。

そのような状況で、山本は将棋を指す手を止めるわけにはいかなかったのであろう。

しかし、

「ホウ、またやられたか」

のひと言には、強がりとともに、失望や悲哀や苦悩がにじんでいるような気がする。

山本は、五月二十七日付の河合千代子への手紙で、

――（前略）最後の御奉公に精根を傾けます。その上は――万事を放擲して世の中から逃れてたった二人きりになりたいと思ひます――

と書いた。これは、ミッドウェー作戦に成功して錦を飾り、連合艦隊司令長官も海軍大将も御役御免になって、好きなお前とただ二人で暮らしたいということのように思われる。

山本は、ミッドウェー作戦は、ぜひとも成功させたかった。成功すると思っていた。米国機動部隊も出てきたと知ったときは、これで、マージャンでいえば満貫のツモ上がりになるとさえ思ったかもしれない。

それが思いもよらない味方の手抜かりのために、逆に相手に役満を振り込み、手のつけようもない大きなダメージを受けてしまった。

そのような気持が、「ホウ、またやられたか」というひと言にかくされているように思われるのである。

しかし、どちらにしても、部下が生死を賭けて戦っている最中に、それにビールを賭けたり、将棋を指すなどは、連合艦隊司令長官の態度ではないであろう。そのような行為が、大物がやることだとして、部下の指揮官や参謀たちに伝染すれば、どういうことになるであろうか。

「赤城」「加賀」「蒼龍」は、六月五日、日本時間七時二十五分ごろ、米軍機の爆撃をうけて大火災を起こし、再起不能に陥った。その十五分後、無疵《むきず》で残った「飛龍」から、小林道雄大尉指揮の艦爆十八機と零戦六機が米空母攻撃に向かった。この艦爆隊は、フレッチャー少将が乗るヨークタウンに爆弾を三発命中させた。

ついで十時三十分、ミッドウェーを空襲した第一次攻撃隊長友永丈市大尉指揮の雷撃機十機と零戦六機が出撃した。友永大尉機の右翼燃料タンクはミッドウェー空襲のときに被弾していて使えなかった。左翼燃料タンク一つでは、片道分だけであった。しかし同大尉は左翼燃料タンクに給油するだけでよろしいと笑いながらいった。彼は、自分が死を決することによって、この攻撃をかならず成功させようと思っていた。ミッドウェー空襲後、南雲長官宛てに「第二次攻撃の要あり」と打電したことが、この決意を固めさせたといえるかもしれない。しかし、その報告はまちがっていないし、当然のものであった。そのために味方に大被害をもたらしたなどというものではなかった。ところが彼は、まるでその責任が彼自身にあるかのように、命を捨てて敵に一矢を報いようとしていた。

友永攻撃機十六機の搭乗員たちは艦橋直下の飛行甲板に整列して、山口多聞司令官の訓示を聞いた。

「諸士が最後の頼みの綱であり、日本のために最善を尽くすことを期待する」

と、司令官はいった。

それから山口司令官は友永大尉の手を握り、これまでの大尉の功績をたたえたのち、

「がんばってくれ、戦果を待つ」

といった。

友永攻撃隊は、小林攻撃隊とおなじくヨークタウンを雷撃し、魚雷二本を命中させた。

これら両攻撃隊四十機中、帰還したのは十六機だけであった。友永はもちろん、小林も還《かえ》らなかった。午後二時すぎ、米空母からの急降下爆撃機二十数機が、孤立した「飛龍」に襲いかかり、爆弾四弾を命中させた。「飛龍」もついに大火災を起こし、再起不能となった。

翌日、「飛龍」が海に沈むとき、山口司令官と艦長加来止男《かくとめお》大佐（兵学校第四十二期）も、ともに沈んだ。

六月五日午後十一時五十五分、ついに山本は、つぎの命令を発した。

㈠ミッドウェー攻略を中止す。

㈡主隊（山本部隊）は攻略部隊（近藤部隊）、第一機動部隊（南雲部隊）を集結、六月七日

午前地点北緯三十三度、東経百七十度に至り補給す。

㈢警戒部隊（高須部隊）、飛龍（註・この時点ではまだ浮いていた）、同警戒艦および日進は右地点に回航せよ。

㈣占領部隊は西進、ミッドウェー飛行圏外に出ずべし。

こうして、山本期待のミッドウェー作戦は、救いがたいほどの痛手を受けて、空しく中止された。

そのあと、弱り目に祟《たた》り目というか、また手痛い災厄に襲われた。敵潜水艦を発見してあわてた第七戦隊の重巡部隊のうち、「三隈」と「最上」が衝突し、「最上」が艦首をつぶし、「三隈」が軽い損傷をうけた。スピードが十四ノットしか出ない「最上」と、それを援護する「三隈」は、励まし合って内地に向かった。「熊野」と「鈴谷」は、高速で先に走り去っていた七日午前、「三隈」「最上」は、米空母エンタープライズの急降下爆撃隊の襲撃を受け、「三隈」は沈没し、「最上」は大破して、這うように内地にたどりついたのである。

この敗北の中で、日本海軍の名誉を守ったのは、孤軍奮闘した「飛龍」の将兵たちであった。友永は、彼自身および同乗の部下の命とひきかえに、ヨークタウンを刺した。山口と加来は、南雲司令部の判断ミスの責任を一手に引き受けて戦ったのち、多数の将兵と艦を失ったことに対する責任を負って死んだ。

一方、南雲部隊の司令部はどうしたであろうか。草鹿龍之介の著には、こう書かれている。

——翌日（註・六月六日）、敵の追撃も遠のいたので、火傷《やけど》と捻挫《ねんざ》のため病室に横たわる身となって（註・南雲司令部は「赤城」から軽巡「長良《ながら》」に移乗していた）、しみじみと考えた結果、なんのこれしきと思いかえしたのである。

生ける者は生けるままに、死せる者は魂魄となって、さらに奮起して護国の大任を果たすべきである。戦はこれからであると思った。そこへ大石参謀がはいってきて、

「幕僚一同の意見としてこの際長官に善処を勧めてくれ。自分たちも一同潔く自決する」

ということであった。私は即座にこれを拒否して幕僚一同を幕僚室に集めた。そして、

「このような結果を招いたことは、なんといってもわれらの責任は重大である。しかしこの国家存亡の関頭にたって、徒《いたず》らに自らの出所進退のみに執着することは、私のとらざるところである。なるほど、敢闘して逝った多くの将兵に対し、このままおめおめと命を永らえて国民に見《まみ》えるということは如何にも情としてできないことであるが、また半面、将士の敢闘を思い、この敗戦の跡をそのままにして、自分ひとり、自決し去るということは私としてはどうしてもできることではない。再び起ち上がって、この失敗を償い、頽勢《たいせい》を挽回してこそわれわれの本分を果たすものといえよう。自決などするということは私としては大反対である。南雲長官には私から軽挙妄動はなきよう申し上げる。なお私としては将来ともできることなら現職のままとして貰い、さらに一戦を交えることを許されるならば本懐これに過ぎる

ものはない」

と、いって皆の翻意を求めたのである。

そして即刻、南雲長官にこの旨伝え、少なくとも長官と私は現職を変更しないよう、私からお願いする旨を申し述べた。南雲長官はいちいち首肯しておられたが、最後に、

「君のいうところはよくわかる。しかし理屈どおりにもゆかぬのでなあ」

と、いうことであった。私はまたも励声一番、厳に軽挙ないよう意見を申しのべた結果、南雲長官もついに納得されたのであった。

六日午前九時ごろ、洋上で主力部隊と合同した。私は自ら大和にいき、親しく山本長官に戦況を報告しようと思った。

（中略）山本長官は単独で私を長官室に引見された（註・六月十日と思われる）。私は戦闘の詳細を報告したのち、機動部隊が期待にそいえなかったことはわれわれ一同の責任はまさに死に値いするが、できることなら現職のままいま一度陣頭にたたしていただきたく、長官の特別の斡旋をお願いする旨をのべた。山本長官は終始黙々として聞いておられたが、その眼底に涙が光るのをみて、私もまた涙が流れるのをどうすることもできなかった――

連合艦隊参謀長の宇垣は、六月十日付の日記につぎのとおり書いている。

――航空部隊の整理再編成は目下何よりも緊要なり。一航空艦隊司令部と協議の必要を認め、長良を大和の側に呼び幕僚の来艦を求む。八時過来る者、足に小負傷の参謀長草鹿少将、

大石先任参謀、源田航空参謀及副官なり何れも黒服にて相当憔悴の兆あり。相見ての一言は「何と申してよいか云ふべき言葉なし。申訳無し」尤もの次第なり。長官公室に下りて参謀長先任参謀より報告を聴く。参謀長「大失策を演じおめおめ生きて帰れる身に非ざるも、只復讐の一念に駆られて生還せる次第なれば、如何か復讐出来るよう取計って載き度」長官簡単に「承知した」と力強く答へらる。(両者共に真実の言、百万言に優る)——

近江従兵長は、前記の手記に、

——南雲中将は、生き延びて駆逐艦に便乗して(註・軽巡「長良」と思われる)山本長官に挨拶に来られた。敗軍の将、何を語るべきか。誠に惨めな姿であった。半年前、真珠湾攻撃の際には、山本長官以上に絶讃された南雲長官が、泣いてその非を詫びていた。私は長官室での食事のとき、長官公室に立つので、そのすべてを聞くことになった。山本長官は、懇《ねんご》ろに傷ついた南雲長官を労《いたわ》っていた——

と書いている。

では、この大敗の責任について、山本自身はどう考えていたかというと、草鹿とおなじであったようである。

また、永野軍令部総長も、嶋田海軍大臣も山本の責任を一切問おうとしなかった。

「大和」が柱島へ帰った六月十四日から十三日たった六月二十七日に、嶋田が「大和」に来艦した。その日の日記に宇垣は、

――十二時前、嶋田大臣大竹海兵団より来艦せられる。挨拶に行く。「色々苦心御苦労です」「先般は拙いことをやりまして御心配をかけ相済みません」「いやいや何んでもない」
（中略）五時過より各長官、参謀長、司令官来艦、六時大臣の招宴に預る。夜長官来室色色話したり。
海軍大臣拝謁（註・天皇に）の際にもミッドウェーの損害に対しては少しも触れられず、艦隊の士気に影響無きやとの御下問あり。過般次長（註・伊藤整一軍令部次長）、軍務局長（註・岡敬純少将）、艦隊に赴き実視したるに何等影響無き由、尚近日艦隊に行って参りますと奏上せるに、艦隊司令長官に益々奮励する様伝言せよとの勅諚ありたりと。
大御心只々威佩の外無し。其他大臣来訪の要件は海軍制度改正問題、艦隊幹部将官の異動等主なるものと聞く――

と書いている。

こうして、まもなく南雲は新しく編成された第三艦隊司令長官となり、草鹿はまたその参謀長となった。源田は、さすがに参謀ははずされたが、それでもその第三艦隊の主力の一艦である「瑞鶴」の飛行長となった。第三艦隊の編成はつぎのとおりであった。

第一航空戦隊＝空母「翔鶴」「瑞鶴」「瑞鳳」
第二航空戦隊＝空母「飛鷹」「隼鷹」「龍驤」

第十一戦隊＝高速戦艦「比叡」「霧島」
第七戦隊＝重巡「熊野」「鈴谷」
第八戦隊＝重巡「利根」「筑摩」
第十戦隊＝軽巡「長良」と駆逐艦十六隻。

中味は別として、表面の陣容からすれば、以前の南雲機動部隊以上の大機動部隊である。

この処置について草鹿は、

――私は心から山本司令長官の部下を思う取り扱いと、敗戦の将たるわれわれに、ふたたびこの精鋭の指揮を委かされた広量には感謝のほかはなかった――

と書いている。

山本以下の連合艦隊司令部の顔ぶれも、従来どおりで変更はなかった。

ところで、ミッドウェー海戦で、あれほどの大損害を受けながら、その責任者たちに対して責任を問おうとせず、また自ら責任を明らかにして裁きを受けようともせず、うやむやのうちに不明瞭な人事処置で済ますというのは、どう考えてもおかしいとしか思われない。

山口、加来、友永ほかの将兵の身の処し方と比較すると、草鹿ひとりに限らず、山本以下の連合艦隊司令部員や、南雲以下の機動部隊司令部員の身の処し方は、一見もっともらしいが、要領のいい官僚の処世を思わせる。

南雲、草鹿、源田らは、山本の広量というか温情というか私情というか、そういうものによって、米国海軍ならばクビまちがいなしと思われるところを助かって、うまく横すべりができたような感じである。

ところが、そういうことがある一方、大火災の艦に最後まで残り、艦とともに沈もうとしていたところを、「飛行長の増田正吾中佐につよく諫《いさ》められて生還した「赤城」艦長青木泰二郎大佐は、嶋田海軍大臣に責任を問われて予備役に追われた。また、沈んだ四隻の空母に乗っていた多数の罪のない下級士官や下士官兵たちは、ミッドウェー大敗の口封じのために、南海の遠い島々や僻地の最前線にとばされた。まるで、責任がある者に罪がなく、責任がない者に罪があるような処置の仕方ではないかと思われるのである。

山本が、なぜ南雲、草鹿、大石、源田らの責任をきびしく追及しなかったかということについては、いろいろの説がある。しかし、いちばんうなずけるのは、彼らの責任を追及していけば、いきおい山本自身の責任にも至るからだということである。

そのために山本は、部下たちの責任も追及しないかわりに、自分も逆に問われないという道をえらんだように思われる。

山本は、ミッドウェー攻略中止命令を出したあと、幕僚たちにたいして、

「ぜんぶ僕の責任だ。南雲部隊の悪口をいってはいかんぞ」

といって長官私室に去り、それから数日間、ひきこもって外に出てこなかったといわれている。

この言葉は、良いように取れば、総帥《そうすい》たる山本が罪を一身に負うということであろう。しかし、悪いように取れば、みんなの口を封じ、臭いものに蓋《ふた》をするということになる。あるいは、どちらでもあったのかもしれない。

ただ、いずれにしても山本は、理非を明らかにせず、いわゆる政治的処置というものでこの急場を切り抜けようとしたのではなかろうか。

山本は、ミッドウェーのぶざまな負け戦で、表面には見せないが、失望落胆で真っ暗な気持になっていたようである。

長官室に去る前の山本は、脂汗を浮かべながら腹痛をこらえている様子であった。軍医長の診察で、蛔虫《かいちゅう》のせいと分かり、幕僚たちもそれと知らされた。しかし、こんなときに急に蛔虫があばれ出すはずもなく、ショックが強くてダウンしたというのが、どうやら真相らしい。

それについて、元防衛研修所戦史部第二戦史研究室長の野村実は、その著『歴史の中の日本海軍』の中で、

——第二段作戦における最初の衝撃的な失敗は、周知のとおりミッドウェー作戦にあった。国家の運命を大きく背負う山本は、敗戦後数日間は自室から出ることがなかった。結果に対するショックの大きさは、これだけでも想像に余りがある——

と書いている。ついでながら、野村の、ミッドウェー海戦に対する評価も紹介しておきた

い。

——米国側は、日本の行動を知って意表をついて空母群を出撃させ、慎重に満を持して作戦を進め、またなによりも好運に恵まれて、常識では勝てるはずのない作戦に、勝利を収めた。

第一線のみが精鋭で、後詰めの兵力を持たない日本海軍にとっては、この作戦が太平洋における最大の分水嶺であったことは、もちろんである——

元連合艦隊参謀の千早正隆《ちはやまさたか》は、今でも山本五十六を敬愛していて、山本の欠点については話したがらない。ミッドウェーで敗れたのは、当時の幕僚たちや南雲司令部がだめだったからだという。その千早が、

「戦い敗れて私室にひきこもった山本さんは、不本意な負け戦に、男泣きに泣いたと思うなあ」

と、くりかえし、感慨深そうに語る。千早の話によると、山本にはおしゃれなところがあった。中でも、遙拝式などで着用する特別誂えの紺サージの軍装は、太陽光線が山本を包むと、肩の辺りが何ともいえない色に光って美しかったという。また、山本は靴の中が熱くなるのが嫌いで、五足ある靴を、一日のうちにかわるがわるぜんぶ履きかえていたという。司令部従兵長の近江兵曹は、もともと「長門」の高角砲の射手で、当時「長門」の対空射撃指揮官をしていた千早の部下であった。そのために千早は、近江から従兵長としての勤務ぶり

を聞くときに、山本の慣習とか性癖も聞いていたらしい。

千早は、つづけていう。

「ミッドウェー海戦後、山本さんが以前と変わりなく、あの特別の軍装を着たり、靴を一日に五足履きかえるということをしただろうか。どこか変わってしまったのではないかと思うのだが」

こういう千早も、日米戦はミッドウェーで勝負あったということになったといっている。

責任問題に話をもどす。山本の指示によるものか、そうでないか、はっきりしないが、通例行なわれていた作戦戦訓研究会は、ミッドウェー海戦に関しては、ついに開かれなかった。勝ち戦だった第一段作戦研究会は、四月下旬に三日間にわたって開かれ、諸問題について熱心に討議されていたのである。

先任参謀の黒島は、

「本来ならば、関係者を集めて研究会をやるべきであった。これを行なわなかったのは、突っつけば穴だらけであるし、誰もが十分反省していることでもあり、その非を十分に認めているので、いまさら突っついて屍《しかばね》に鞭《むち》打つ必要がないと考えたからであった。と記憶する」

と戦後に語ったという。

山本が愚直な人物であったならば、敢えて研究会を開かせ、自分をふくめての理非を明らかにしたという気がする。

ミッドウェー海戦について、六月十日の大本営発表はつぎのとおりであった。
(イ)米航空母艦エンタープライズ型一隻及ホーネット型一隻撃沈。
(ロ)彼我上空に於て撃墜せる飛行機約百二十機。
(ハ)重要軍事施設爆破。
本作戦に於《おけ》る我が方損害
(イ)航空母艦一隻喪失、同一隻大破、巡洋艦一隻大破。
(ロ)未帰還飛行機三十五機。

こんなでたらめな発表は誰の責任でやったかというと、当時、大本営海軍部の報道部参謀の少佐であった冨永謙吾は、戦後、『大本営』付録―現代史資料月報―に、つぎのように書いている。

――(前略)この時から三日三晩、作戦会議は善後策の凝議に、発表の対策に明けくれた(註・軍令部内で)。発表原案として我方の損害、空母二隻喪失、一隻大破、一隻小破、巡洋艦一隻沈没が提案されたが、すぐに作戦部(註・軍令部第一部、部長福留少将)の強硬な反対を受けた。軍務局(註・海軍省軍務局、局長岡少将)も同意しなかった。報道課長と主務部員は国民に真相を知らせて、奮起をうながす必要ありとして、夜も寝ずに関係者の説得に飛び回った。しかしながら、国民の士気と戦意の沮喪《そそう》を顧慮することに重きを置いて、発表は事実から遠いものとなった。報道部の提案は遂に採用されなかったのである――

山本はかねがね、大本営発表は、いいことでも悪いことでも、真実を発表すべきであるといっていた。しかし、ミッドウェー海戦の大本営発表については口をつぐんだ。

もし、ミッドウェー海戦の真相が公表されたならば、世紀の英雄は、たちまち世紀の阿呆に転落したにちがいない。そして、敗軍の将という惨めな姿で退陣を余儀なくされたかもしれない。

しかしそうなると、栄光の帝国海軍の威信も当然ガタ落ちとなり、国民に愛想をつかされたにちがいない。

それではおしまいである。というような事情のために、永野軍令部総長も嶋田海軍大臣も、真相を糊塗することにしたものと思われる。

ただし山本は、責任を問われないということで、この二人にたいする、真珠湾以来の貸しが帳消しとなり、むしろ大きな借りをつくることになった。

山本は、これという妙手も考えられないままに、ひきつづき連合艦隊司令長官として、一挙に優勢となって意気のあがった米国海軍相手に、辛く苦しい戦いをやっていかなければならなくなった。

あれほど無残な負け方をしたミッドウェー海戦だが、今日に至っても、直接山本を酷評する人は少ない。憎めない人柄や、哀愁を感じさせる悲劇的な最期といったものが、そうさせるのであろうか。

しかしここでは、山本への忌憚《きたん》のない酷評の例を一つ紹介しておきたい。前にも触れたが、東条陸相の軍務局長に、佐藤賢了少将という心臓の強い男がいた。彼の『大東亜戦争回顧録』の一節には、こう書かれている。

――しかしこの作戦（註・ミッドウェー）は、実施部隊の実状を顧慮しない無理な作戦であった。作戦要領の研究準備の時もあたえず、長駆インド洋の作戦から帰ったばかりの機動部隊に、汗もふかさずに敵の本拠に近いミッドウェーに、しかも奇襲的作戦を行なおうとするのは、無理を越えて乱暴というよりほかにいいようがない。敵の本拠ハワイの目と鼻のさき、ミッドウェー攻略は、準備を万全にととのえた組織的強襲でなければならぬ。進発してからでも敵情はまったくわからぬまま、メクラ攻撃に近い攻撃をかけたのである。

（中略）

真珠湾奇襲作戦を考案し、訓練し、そしてこれを断行した山本五十六提督は古今の名将である。しかし、ミッドウェーで敗北した山本五十六提督は凡将中の最凡将といっても過言ではない。

（中略）

山本五十六は海軍次官としては政治的にも高い見識があり、海軍提督として立派であり、個人としてもすぐれた点が多々あった。しかし対米戦についての所信を国策の中枢に告白できなかったことと、ミッドウェーの会戦に大敗して致命傷を受けたことは、ほかにいかにすぐれたことがあったとしても帳消しにしてしまう。

特にミッドウェーは敗戦の大罪人たるを免れない。軍人が戦場で敗北したのでは、他のなにものをもってしても償うことはできない。「負ける戦争をするばかがあるか」と叫んだことを世間では高く評価しているようだが、彼が連合艦隊司令長官であるゆえに、私はかく酷評するものである。

ミッドウェーの敗戦により精鋭の空母四隻を失ったわが海軍は、戦艦や巡洋艦が健在していても、もはや決戦力はなくなったのである――

私は、昭和四十六年十月二十四日に、兵学校第七十四期の同期生高田静男、島地純、妹尾作太男の三人と横須賀市長井にある井上成美《しげよし》の自宅を訪ねた。井上はわれわれが兵学校に入ったときの校長である。私は昭和四十二年十月に先輩や同期生や後輩とともに訪問したのが初めてで、今回は四回目であった。

このときは、七十四期会からの贈物として、ソニーの補聴器を持って行った。井上はその十二月で満八十二歳になるときであった。さっそく補聴器を左の耳に付けた井上は、

「ああ、Natural Voice（自然な声）だ」

といった。

頭も言語も明晰《めいせき》であった。

私らがいろいろ質問しているうちに、われわれにとって大事なことが一つ出てきた。

高田の質問のときである。

「私は、『大和』が出撃する直前に、クラス（同期生）やコレス（海軍経理学校の同年次卒業生）の候補生何十人かと一緒に『大和』に乗っていました（註・昭和二十年三月三十日各校卒業）。しかし、いよいよ出撃（註・四月六日沖縄特攻へ）というまぎわに、『候補生は総員、本艦から退艦せよ』と、降ろされました。

そのときは、はなはだ不本意に思ったのですが、おかげさまで、こうして生きながらえることができました。

ですが、候補生は降りろというのは、いったい誰の命令だったのでしょうか」

「ああ、あれは海軍省命令だ。しかし君らは犬死しないでよかったね」

当時井上は、米内海相の海軍次官であった。つまり、候補生退艦は井上の指金だったのである。

折りを見て私が聴いた。

「東条陸軍大臣の軍務局長で佐藤賢了という人がいました。中佐ぐらいのときに、国会で『だまれ』とどなって問題になった人です。その人が、数年前に『大東亜戦争回顧録』という本を出しました。

その中で、『山本五十六連合艦隊司令長官は、ハワイ作戦のときは古今の名将であったが、ミッドウェー作戦のときは凡将中の最凡将だ』と書いていますが、校長はどうお考えですか」

「うん、陸軍はだめだが、それはそのとおりだ」

井上という人は、まったくあいまいなところがなく、いつでも白黒がはっきりした人だと私は感じた。同時に、井上も真珠湾攻撃は評価しているのだな、とその点はややふしぎに思ったのである。

しかし、草鹿龍之介は、その著に、

――私は賞められてうれしかったのは、このときまでにたった二回きりであった。

それは真珠湾攻撃から帰って呉に入港したとき、当時呉鎮守府司令長官であった豊田副武《そえむ》大将と、私の従兄で当時兵学校長をしていた草鹿任一中将（註・井上の前任、井上と同期、のちにラバウルの南東方面艦隊司令長官）が心から迎えてくれたときと、もう一度は軍令部時代に各種会議の席上でさんざん叱られたり、口角泡を飛ばして喧嘩したりして、なんだ此奴がと思っていた井上成美中将が、第四艦隊司令長官としてトラックに将棋を掲げていた（註・昭和十七年一月十二、三日ごろ）とき、ラバウル攻略作戦の打ち合わせのため、その司令部を訪問した際、私の顔を見るなり

「真珠湾攻撃の水際だった腕前にはひと言もない。ただ頭をさげる」

と心の底から喜んでくれたことで、その一語は今でも忘れることができない――と書いているから、真珠湾攻撃の戦術的成功については評価していたのであろう。

しかし、ミッドウェー作戦については、どう考えても、やるべきではなかったと見ていたようである。

航空偏重が日本敗戦の根本原因

第四艦隊航海参謀の土肥は、ミッドウェー海戦直後に連合艦隊航海参謀への転勤辞令をうけた。これからの連合艦隊の作戦海域が、ソロモン、ニューギニア方面となるので、それに詳しい土肥に声がかかったのである。

土肥はトラック島から内地に帰り、七月四日の日曜日に呉在泊中の「大和」に着任した。この日は日曜日のために、山本以下の幕僚たちは、当直参謀一人を残して、みな上陸していた。当直参謀にその行先を聴き、土肥もすぐ上陸した。

最初に宇垣参謀長がいるという割烹《かっぽう》旅館「吉川」へ行った。宇垣はたった一人で、広間に赤毛氈《もうせん》を敷いて、大筆で揮毫《きごう》中であった。土肥が着任挨拶《あいさつ》をすると、揮毫の手を休めて、

「まあ、まず一杯」

と、杯を出した。ここで土肥は、宇垣から、酒の合間にポツポツと、連合艦隊参謀の心得

といったものを聴いた。土肥は、宇垣がなぜ一人でいるのか、そのときは気にとめなかったが、差しで飲んでいるうちに、宇垣に親しみをおぼえた。

一時間ほどのちに、土肥は山本や幕僚たちのいる割烹旅館「華山」に行った。部屋に入ると、山本を囲んで数名の幕僚が一杯やっていた。土肥は挨拶をすませ、その仲間に加わった。山本は酒もタバコも一切やらないでいたが、いい機嫌になっている参謀たちの騒ぎにまじって楽しそうであった。

土肥は、山本が戦争に勝つまでは禁煙だと聞いていたので、それとなく聴くと、

「まあ、戦《いくさ》に勝ったら尻の穴から煙りが出るくらいタバコを吸ってやるさ」

と、いかにも山本らしい言い方でこたえた。

見たところ、山本はじめ誰にも、ミッドウェーのショックなどはないようで、土肥がふしぎに思えるほどであった。

土肥は翌日から、連合艦隊司令部勤務をはじめた。毎朝の軍艦旗掲揚のあと、幕僚は作戦室に集まって、当直参謀からその日の戦況説明を聴く。つぎにそれぞれの戦況にたいする連合艦隊の処置を、担当参謀が述べる。すると、それにたいして、黒島先任参謀と宇垣参謀長が意見を出す、ということから一日がはじまるのである。

この当時の連合艦隊司令部の飲食は日本一ぜいたくであった。なにしろ全国から、「山本長官へ」といって、毎日のように山海の珍味や飲物がとどけられてくる。それが幕僚たちへ

お裾分けになるからである。

そうでなくても、艦内食事はたいしたものであった。昭和十七年の七月といえば、一般国民の食生活はきびしくなっていて、魚、肉、甘味品、酒類などはなかなか口に入れられなかった。海軍部内でも、かなり制限がきつくなって、好きなものを飲み食いできるところは少なくなっていた。ところが、連合艦隊司令部は無制限といっていいくらい、甘いのでも辛いのでも好きなものを口に入れることができた。

食費は自分で負担するとはいうものの、いってみれば贅沢三昧《ぜいたくざんまい》といえるぐらいのものであった。

昼食は、山本と幕僚たちが一緒に食事をするのだが、軍楽隊のクラシックや軽音楽の演奏つきで、フルコースのフランス料理である。それが毎日であった。夜は自分で好きなものを注文するが、鯛や鮪《まぐろ》の刺身でもステーキでも、たいていのものが食えた。

のちのことになるが、九月下旬に、そのころトラック島に進出していた「大和」に、陸軍の辻政信《つじまさのぶ》参謀が山本を訪ねてきた。そのときこういうことがあった。辻は山本に、

「ガダルカナル島の将兵はガンジー以下に痩《や》せ細っています」

といって、陸軍のガ島奪回作戦に海軍の協力を要請した。山本は承知してから、辻に夕食をふるまった。辻は、黒塗りの膳に、ビール、鯛の刺身、鯛の塩焼などが並んでいるのを見て、思わず文句をいいかけた。すると副官の福崎昇中佐が、

「これはね、あなた方のような苦労した人が毎日のように前線から帰ってくる。その人たちをねぎらう意味で、こういう準備をしたんですよ」

と、先手を打って辻の口を封じた。しかし、特別でもなんでもなくて、司令部員の日常の食事だったのである。

酒は日本酒でも国産ウィスキーでもスコッチでもあった。

昭和十七年の夏ごろは、海軍部内で、「大和」を「大和ホテル」と苦々しげにいう者が、だいぶ多くなっていた。

この浮世ばなれの優雅な大和ホテルに、八月七日、米軍がとつぜんガダルカナル島に上陸を開始してきたという緊急電報がとびこんできた。ところが、ほとんどの参謀が、

「ガダルカナルってどこだ？」

と、いっている。四艦隊にいて、ツラギ占領、ガ島航空基地建設などの作戦に関係してきた土肥が、ひろげた海図を前にして、

「ここですよ」

と指さした。それにしても土肥はおどろいた。連合艦隊参謀といえば、誰もよく勉強していて、たいていのことはよく知っているだろうと思っていた。ところが、米豪遮断作戦の要地で、海軍航空基地もまさに完成しようとしているガ島も知らないとは、これはなんにも勉強していないのだと分かったからであった。

（連合艦隊参謀陣とはこんな程度だったのか）

と、土肥は思った。

参謀たちは、ミッドウェーの大敗についても、とくに反省している様子はなかった。どの参謀に聴いても、

「あー、あれは運がわるかったんだ」

と、たいしたことでもないようにいうだけであった。

これでは大事な仕事はできないと土肥は思った。

ところが、その大事な仕事は、どうやら、山本と黒島の二人だけでやっているようであった。あとの参謀たちは、大事ではないことしかさせられていないようであった。参謀長の宇垣でさえも、山本・黒島からは一歩はなれたところにいた。

こんな話がある。

戦艦「日向」艦長の松田千秋大佐は、この十七年の十二月に「大和」艦長として着任した。宇垣はこの松田夫妻の仲人であった。そのために松田は、宇垣とかなり立ち入った話ができた。着任後すぐ、松田は宇垣の仕事について聴いてみた。すると宇垣は、

「おれは参謀長だけれどね、ここでただぼんやりしているだけだ。戦は山本さんと黒島でやっているんだよ」

と、わびしげにいったという。

山本はハワイ作戦以来、宇垣と黒島の意見が対立したとき、ほとんど黒島の意見をとり、宇垣の意見をしりぞけている。

それで作戦はうまくいったのかというと、うまくいかない方が多かったようだ。

山本がいかに黒島を重用していたか、というよりも溺愛していたかということについては、つぎのような話がある。

十七年十一月、ガダルカナルをめぐる戦いで、日本軍の飛行機、艦船の消耗が多く、次第に米軍に押されてきたころのことである。ある夜、「大和」の作戦室で、黒島と航空甲参謀の三和が激論となった。そこへ山本が入ってきて二人をしずめ、三和に向かっていった。

「黒島君が作戦に打ちこんでいるのは、誰もよく知っている。黒島君は人の考え及ばぬところ、気がつかぬところに着眼して、深刻に研究する。ときに奇想天外なところもある。しかも、それを直言して憚らぬ美点がある。こういう人がなければ、天下の大事は、なしとげられぬ。だからぼくは、だれが何といおうと、黒島を離さぬのだ、そりゃあ黒島君だって人間だ。全智全能の神様ではない。欠点もあることはよく知っている。黒島君だって自分で知っているだろう。そこを三和君が補佐すればいい。（註・三和は兵学校で黒島の四年後輩）

（中略）

各幕僚は、その職において、この戦争に心身ともにすりつぶしてしまえば、それでよい。もちろん、君たちばかりではない。ぼくもそうだ。

秋山真之《さねゆき》提督という人は、中佐、大佐のときはなるほど偉い人だった。しかし秋山提督のほんとうに偉いところは、あの日露戦争の一年半で心身をすりつぶされたところにある。そして東郷元帥を補佐して、偉業をたてられたのだ。軍人はこれが本分だ。お互いに、この大戦争に心身をすりつぶすことができるのは、光栄のいたりだ。わかったか――」

三和はだまって聴いていた。黒島は机につっぷしていた。

この一部始終は、戦後に有名になった『三和日記』に書かれているものである。

「心身をすりつぶした」から秋山が偉かったのか？　あるいは、東郷・秋山コンビと山本・黒島コンビがおなじなのか？　という疑問があるが、それはさておき、山本は、三和にした説教を、参謀全員の前でまたした。

それについては、土肥が、作家豊田穣の『提督の決断』（講談社）の月報に、つぎのとおり書いている。

――山本さんはあるとき、

「司令部にはね、たくさん参謀がいるけれど何か問題が起こったとき、ほとんど全員が同じ答えを出すんだよ。でも黒島君だけは皆と異なった角度から物を考えて出す。これは極めて重大なことだ。私が黒島君を大事にするのはそのためだよ」

と言われた。たしかに黒島参謀の考え方には敬服に値する意見が多かったことを思い出す

――

山本は、女では河合千代子。作戦では黒島にのめりこんだ。いい悪いは別にして、山本好みというものがよく出ているようである。

黒島はのちに、軍令部第二部長となり、昭和十九年四月、第一部長の中澤佑《たすく》少将に、〝特殊兵器〟のリストを提出する。そのリストには「作戦上急速実現ヲ要望スル兵力」というまえがきがついており、中には九項目の兵器が列記されていた。たとえば、

一、二人乗りの豆潜水艦―のちの「海龍」

一、装甲爆破艇―これはのちの特攻艇「震洋」

一、自走爆雷

一、全長約一〇メートルの別のタイプの小型潜航艇

一、人間魚雷―のちの「回天」

という、つまり特攻兵器である。この奇才は、ついに多数の若者たちを乗せる棺桶兵器の増産に熱中したのである。

山本はミッドウェーで大敗しても、失望落胆はしたかもしれないが、絶望はしなかったという。

土肥は、連合艦隊司令部に着任してまもないころ、書類を提出するために長官室に出かけた。そのときに山本はいった。

「土肥君、こんどの戦争はね、海軍士官は半分死ななきゃおさまらんよ」

それを聞いたとき、土肥は、長官はまだ負けるとは思っていないのだなと感じた。それだけの戦をやる気だなと思ったという。

しかし、ミッドウェー以前には日本優勢だった戦力が逆転して、いまは米国優勢にかわっていた。

山本がそれで戦おうとしていた海上航空兵力では、戦前よりも日本が不利となっていた。なんといっても、日本海軍中最精鋭の搭乗員百数十名と、正規空母四隻の喪失が利き腕を失ったような痛手であった。

それだけではなかった。「リメンバー・パールハーバー」と奮起したアメリカは、その生産力に物をいわせて、飛行機、艦船の大増産に拍車をかける一方、飛行機搭乗員、艦船乗員の増強も急速に実現させつつあった。

昭和十七年における両国の海軍機生産の予定は、日本の約四千機に対して、アメリカは四万七千九百機であった。それが昭和十八年には、日本が約八千機、アメリカが八万五千機になるとみこまれていた。

自動車の生産高に至っては、日本はアメリカの百分の一にも足りなかった。

飛行場の建設では、日本はローラーとトロッコ、シャベルにツルハシで、少なくても一ヵ月半以上かけないと、飛行機が発着できなかった。それをアメリカは、ブルドーザーを使って一週間でやっていた。

千早正隆《ちはやまさたか》は、その著『日本海軍の戦略発想』（プレジデント社）に、

――昭和十八年アッツ島の陥落後に、時の米海軍長官ノックスがいった「日本は近代戦を理解しないか、あるいはまた近代戦に参加する資格がないか、いずれかである」に文字通り当てはまるといわねばならなかった――

と書いている。

山本が、戦前、それだからアメリカとは戦うなといっていたとおりのことが実現しはじめていたのである。

しかし、いまさらグチをこぼしてもはじまらない。山本はガダルカナルの攻防で米国海軍を破り、こんどこそアメリカとの講和へむすびつけたいと考えた。

山本は、大本営海軍部宛てに、つぎのような骨子の意見具申電報を打った。

「来るべき彼我の遭遇戦には、第一段作戦のとき同様、陸海軍とも十分の兵力を整え、気を揃えて立ち向かう必要がある。

陸軍兵力を最初から精鋭五コ師団程度、一挙に投入する。

海軍は全力を結集する。航空機材の補充に重点をおく」

陸海軍とも大兵力でガダルカナルを奪還占領する。米軍は再奪還を狙って、機動部隊、戦艦・巡洋艦艦隊などが押しよせてくる。それを連合艦隊が撃滅するというものである。

ところが、山本の意気込みに反して、陸軍は五コ師団どころか、一コ師団の四分の一か五分の一しか出そうとしなかった。

それに、なにより、ガダルカナルは遠すぎた。

南東方面の日本軍の本拠地ラバウルからでも約六百浬《かいり》（註・約千百キロ）もある。ラバウルを飛び立った零戦は、二時間半以上飛びつづけ、やっとガ島上空に達しても、そこに十五分以上とどまらずに帰途につかなければ、ラバウルの手前で不時着する。

フネでは高速の巡洋艦でも、一日半以上走らなければ、ガ島まで行きつけない。

ラバウルとガ島の中間には、多数の島々があるが、そこにはまだ一つの飛行場も、補給のための基地もない。

劣勢になった日本海軍が、このような悪条件の海域で、米国海軍に大勝できると、ほんとに思ったのかと、信じられないほどである。

しかし山本は、それを強行していく。

ラバウル基地の陸上攻撃隊と艦上爆撃隊は、八月七日、八日、九日と、ガ島付近の米艦船を攻撃した。しかし、駆逐艦一隻、輸送船一隻を撃沈しただけであった。

しかも、味方の陸攻は二十七機中十八機、艦爆は九機中六機が未帰還という大損害をうけた。

しかし、重巡・軽巡・駆逐艦で編成された第八艦隊の八隻が目のさめるような戦果をあげた。

八月八日夜、ツラギ海峡になぐり込み、敵重巡四隻を撃沈し、重巡一隻と駆逐艦二隻を大中破して、敵艦隊を潰滅させたのである。

第八艦隊とならんで、もう一つ、胸のすくような戦果をあげたのが零戦隊であった。

八月七日に陸攻二十七機を掩護《えんご》してガダルカナルに向かった零戦十七機は、米空母機六十二機と戦い、米戦闘機十一機と急降下爆撃機一機を撃墜した。大損害におどろいた米国機動部隊は、零戦数十機に護られた日本攻撃機隊に来襲されてはかなわないと戦場をひきあげたほどであった。

連合艦隊司令部は、第八艦隊八隻の第八回大詔奉戴日八月八日のツラギなぐり込み、つまり八八八八八なぐり込み大成功の知らせを受けて、

「まずまずよかろう」

と、のんびりした気分になっていた。

宇垣は、航空部隊と第八艦隊の戦果を聞いて、日記につぎのように書いた。

——珊瑚海海戦、ミッドウェー海戦を以て極上の勝利と見做しつけ上れる英米茲《ここ》に顔色なかるべし。

昨八日は立秋なり。敵は秋を感づかん。先般の雨と共に暑さも減じたり。欝陶敷《うっとうしき》の気分大に晴れたり。

秋立ちてソロモンの敵影もなし
秋は来ぬソロモンの敵今何処——

ただし、連合艦隊司令部が受信した航空部隊の戦果は、撃沈—軽巡二・輸送船十、火災—大巡一・駆逐艦二・輸送船一、撃墜—飛行機四という誇大というか針小棒大な偽りの戦果であった。

連合艦隊司令部はトラック島に進出して、ガ島中心のソロモン作戦を指導することになった。山本以下の司令部員が乗った「大和」は、八月十七日に柱島を出港し、八月二十八日にトラックに入港した。

その後ガダルカナルをめぐる日米の戦いは一進一退でつづけられた。しかし、十一月下旬ごろから次第に日本の旗色が悪くなった。国力と条件の利不利のちがいが、当然の結果として出てきたものであった。

十一月二十七日の日記に、宇垣は、

——戦局の容易ならざる長官をして過敏ならしめ、些細の事を曰はしむる。之皆余輩の罪として大きく受流し置く——

と書いている。

さらに十一月三十日には、

――戦局善処で頭一杯なり。斯な事にてなるものかと自ら叱咤す。昨日現下の情勢に於て如何にすべきかの自の考を福留第一部長（註・軍令部）に認む。弱音は毫頭述ぶるに非ず。只中央の考慮を求むるなり――

と書いている。

十二月十日の日記になると、

――ガ島所在二万五千の救出こそ今日の急務と化せり。速なる中央指示変更を俟《ま》つ。艦隊として万策尽くと云ふべし――

と、もうガダルカナルは放棄撤退するしかないと嘆いている。

松田千秋大佐は、こういう状況下の十二月十八日に、前任者の高柳儀八少将のあとを継いで「大和」艦長となった。松田はかねがね、自分が発案した「大和」の艦長となって戦うことを念願していた。しかし、戦いの様相は、彼が考えていたものとはまったくちがったものとなり、もはや「大和」の能力を十分に発揮できるような条件はのぞめなくなっていた。

ある日松田は、山本に、

「おい松田君、いっしょにめし食おう」

と誘われて、長官室で夕食をともにした。そのとき山本は、連合艦隊司令長官よりも海軍大臣になることを望んでいるといった。松田は、その方がやはり適任だと思った。

その松田は山本について、

「情誼に厚い立派な人で、また先見の明があって航空をあれだけ開発発展させたことは非常な功績だ。しかし、作戦は感心できるようなものがほとんどなかった」

といっている。

十二月三十一日午後、宮中において、天皇の御前で大本営会議が開かれ、ガダルカナルからの撤退が決定された。

ガダルカナル撤収作戦は二月一日、二月四日、二月七日の三回にわたり、駆逐艦二十隻を使用して実行された。米軍は日本軍の逆上陸とかんちがいして守りを固めたために、撤収は、わずかな損害を出しただけで、大成功のうちに終了した。

このときの撤収人員については諸説があるが、服部卓四郎の『大東亜戦争全史』（原書房）によると、陸軍約九千八百名、海軍約八百三十名となっている。また、昭和十七年八月から約半年にわたるガ島攻防戦での地上における人員の損失は、陸軍約二万八百名、海軍約三千八百名となっている。

ただし、陸海軍合計二万数千の戦死のうち、一万五千人は餓死であった。ラバウル方面からは、連日のように、輸送船、駆逐艦、潜水艦が糧食弾薬を運んだ。しかし、そのうちの多数が、米軍の飛行機、潜水艦、艦艇の攻撃をうけて、途中で沈没あるいは破壊されたためである。

おなじくこの半年で、日本海軍は、つぎのような損害をうけた。

飛行機喪失　八百九十三機。
搭乗員戦死　二千三百六十二名。
沈没艦艇　小型空母二隻、戦艦二隻、重巡三隻、軽巡二隻、駆逐艦十三隻、潜水艦九隻。

その他、多数の輸送船が沈没。

一方、米国海軍の損害は、
沈没　大型空母二隻（ホーネット、ワスプ＝伊号第十九潜水艦が撃沈）、重巡九隻、駆逐艦十三隻。

このような結末で、日本軍はまた完敗したのである。

最大の敗因は距離であった。

ガダルカナルの航空戦では、日本の飛行機は、二時間半以上かかって戦場に到着する。米軍はそれを待ちうけていて、逃がすべきものは逃がし、戦うべきものは満を持して戦う。日本軍の損害が大きく、米軍の損害が小さいのは当然であった。

輸送船や駆逐艦、潜水艦などが、ラバウルから二日かそれ以上かかって、ガダルカナルまで物資の輸送に行く。途中の海面には、米軍の潜水艦、魚雷艇、駆逐艦などが待っている。明るいうちは空から米軍機が爆弾や魚雷を落としてくる。日本軍の飛行機はいない。これでは、とどけるべきものがとどかず、ガ島地上の日本軍将兵が餓死するわけである。

第二の敗因は、航空過信、偏重であった。

ガ島攻防戦で日本の戦艦は、二隻ずつ二回出動した。第一回目の「金剛」「榛名」は十月十三日の夜、三十六センチ主砲でガ島の米軍ヘンダーソン基地に、合計九百二十発の砲弾をぶち込んだ。米軍基地は粉砕され、八十数機あった飛行機も数機を残してふっ飛んだ。

第二回目は、十一月十二日から十四日にかけて、「比叡」「霧島」が出動した。「比叡」は、待ち伏せていた米巡洋艦・駆逐艦部隊の先制攻撃を受けて舵故障となり、そのまま直らず、十三日夜、味方駆逐艦の雷撃で自沈した。

「霧島」は十四日夜、米新鋭戦艦サウス・ダコタと五千メートルの至近距離で戦い、これに多数の命中弾を浴びせたため、ダコタは逃走した。もしこのときの砲弾が、陸上攻撃用の三式弾でなく艦船攻撃用の徹甲弾であったら、ダコタは沈没したと見られている。

しかし、その約二時間後、「霧島」は、暗闇の中で猛射を浴びた。米戦艦ワシントンが右後方からレーダーで射撃を加えてきたのであった。四十センチ主砲弾九発と十二・五センチ砲弾数十発が命中し、「霧島」は大火災を起こし、やがて沈没した。

この戦艦の戦いから、大口径砲の威力の大きさが分かるとともに、敵味方同時の射ち合いになるならば、日本がアメリカにまさることが分かった。

それならば、空母二隻か三隻にすべて防空専用の戦闘機を載せ、それといっしょに「大和」「陸奥」「長門」などの戦艦、巡洋艦、駆逐艦がガダルカナルになぐり込んだらどうであったろうか。敵機動部隊の艦載機であろうと、陸上機であろうと寄せつけず、米国艦隊と決戦することもできたろうし、またガ島の米軍に巨弾の雨を浴びせて潰滅させることもできたのではなかろうか。

山本五十六は航空を偏重して戦艦を無視したために惨敗した、という一人に、前にも触れたが、元海軍大佐の黛治夫《まゆずみはるお》がいる。その骨子を紹介したい。

山本がハワイ攻撃を思いたったのは、軍令部の邀撃《ようげき》作戦にしたがって米国艦隊と戦えば、いちどの大勝もなく、やがてジリ貧で負けると思ったからであった。

しかし、その出発点の判断がまちがっていた。図上演習では、日米主力艦（註・戦艦）の同口径砲（註・三十六センチ砲とか四十センチ砲というように、弾丸の直径が同一の砲）の砲力点（註・命中率と発射速度と弾丸威力）は同一とされている。それならば主力艦の数は日本がアメリカの六割であるから、作戦をうまくやったとしても、日本が大勝できず、ジリ貧になるわけである。

ところが、実際の日米戦艦主砲の砲撃力は、日本がアメリカの五倍であった。

昭和八年春、野村留吉海軍少佐（のちに少将）は下士官二名をともない、カリフォルニア南部の日本人移民の農園倉庫に、無線通信機を携行してひそんだ。そこで、サンピドロ沖の米国艦隊の戦闘射撃中に行なわれる無線通信を傍受した。その通信は、射撃艦、弾着観測飛行機、曳的艦（註・射撃目標物を曳航するフネ）の間で交わされたものであった。

当時黛は、海軍砲術学校戦術科長をしていたので、野村から送られてきた傍受記録から射撃経過図を作成した。すると、つぎのことが分かった。
一、射撃距離は二万メートル。
二、試射を観測飛行機で弾着を確かめる「初弾観測二段打ち方」である。
三、三十六センチ砲艦では十二門または十門の斉射（註・一斉に射撃する）、四十センチ砲では八門の斉射が主である。
これらの斉射弾の散布界（遠近）は平均八百メートル。

日本海軍の六門（または四門）の交互打方による散布界は二百五十メートルから三百メートル。

この結果、米国海軍の命中精度は、日本海軍よりもいちじるしくわるい。

右のデータから計算すると、射距離二万メートルで、飛行機観測を利用する米戦艦主砲の命中率は三パーセントである。

同条件で日本戦艦主砲の命中率は九パーセントである。

黛は昭和九年夏から二年間、英語と国情研究の名目でアメリカに駐在した。

昭和十年春、駐米大使館付武官山口多聞《たもん》大佐は、スパイ（不名誉退役の米国元海軍少佐）の持参した「米国海軍一九三四年砲術年報」のコピーを入手した。その鑑定を命ぜられた黛が見ると、野村少佐の無線傍受記録と同じであった。

もうひとつ山口大佐から鑑定を命ぜられた「米国海軍大学校戦術通信教育教科書」を見ると、やはり同じデータがあるほか、別のデータもあった。

これらの資料から、つぎのことが判明した。
一、米国海軍大口径砲（註・三十六センチ以上）の命中率は、日本の三分の一である。
二、射撃速度はほとんど一門毎分一発で日本と大差ない。
三、米国戦艦部隊は兵力を集結して日本の戦艦列と決戦距離一万八千メートルないし二万二千メートルを保ちながら回航（註・同方向へ進む）砲戦を交えようとしている。
四、戦艦部隊の前後に配置する重巡洋艦戦隊、軽巡洋艦戦隊、水雷戦隊から成る先頭隊と殿隊の編組や隊形も、日本とほとんど同じである。
黛は、この調査にもとづき、海軍演習審判標準と海軍兵棋演習規則の砲力点を、正確なものに改める案を軍令部作戦課に送った。

ところが、軍令部主務課の川井巌参謀は、黛が送った砲術学校案の砲力点をわざわざ三分の一に引き下げ、日米同一として演習審判標準を作成した。昭和十年のことであった。海軍大学校戦術科も同様の砲力点を兵棋演習規則に採用した。川井参謀は、
(1)日本の真の命中率をアメリカの三倍として日米実力通りの砲力点とすると、アメリカにスパイされたとき、対策を講じられる。

(2)日本海軍将士に慢心を生じさせ、訓練が低下するおそれがある。
(3)砲術学校案のままとすると、演習の経過が六倍速くなり、これでは適切な演習指導ができなくなる。

という理由で三分の一にしたのである。

ところで、艦隊決戦で日本の零戦隊が制空権を握れば、日本側だけが飛行機の弾着観測ができることになり、命中率はアメリカよりもさらに六十パーセント高くなる。

では、零戦の制空権下での日米戦艦部隊の主砲の命中率はどうなるかというと、艦数はアメリカ10で日本6であるから、日本戦艦部隊の命中率は、6×3×1.6＝28.8で、米国艦隊の約二・九倍となる。

さらに、日本が九一式徹甲弾を使用すると、水中に入った弾丸の直進距離が長いために、アメリカの徹甲弾よりも命中率がまた約八十パーセント高くなる。

これらを総合すると、日本戦艦部隊の主砲の命中率は、2.9×1.8＝5.2で、アメリカの五・二倍となる。

また、巡洋艦主砲（註・二十センチ）の命中率も同じようなものである。

もうひとつ、米国艦隊がレーダー射撃をやっても、弾丸の散布界が過大なので、昼間決戦であるかぎり、相互の命中率はあまり変わらない。

だから、戦艦部隊を主力とする日米艦隊が決戦をすれば、日本は米国艦隊を撃滅できるはずである。

このような事実を山本は確かめず、航空優先・戦艦無用の思想で作戦計画をたてた。宇垣、黒島らは山本の説に従うだけで、戦艦・巡洋艦を無用の長物としてしまった。

軍令部も、すべて山本まかせであった。

その結果、連合艦隊はハワイ作戦を皮切りに航空戦に走り、消耗につぐ消耗をかさね、いいところなく惨敗してしまった。

しかし、だからといって、飛行機は無用で、戦艦があればいいというのではない。両者の総合戦力が有効に発揮されるようにすべきであった。

山本五十六や井上成美が航空を重視して、その発展に力をつくしたのはいいが、それを偏重したのがまずかった。

ざっと以上のような説である。

黛は、日本海軍の訓練についても、ユニークな話をする。

「日本海軍は英国海軍を見ならった。その英国海軍の艦隊勤務の士官たちは、第一次大戦中、ひまさえあれば上陸して、ラグビーやテニスやゴルフをやっていた。そんなことをしなければ、体力・気力・士気が保てないとでも思っていたのかという気がする。

日露戦争中、ロシアのウラジオ艦隊制圧の任務を持った第二艦隊は対馬海峡で待機していた。すると司令長官の上村彦之丞中将は、下士官兵に相撲をとらせたり、自分では魚釣りをしていた。

おなじく日露戦争中、連合艦隊は鎮海湾に碇泊《ていはく》して、バルチック艦隊の来攻を待っていた。しかし、このときの艦隊は、連日、艦砲射撃、魚雷発射などの猛訓練をつづけていた。旗艦『三笠』の東郷さんは、毎朝五時に起き、弁当を持って各艦をまわり、熱心に訓練を見ていた。大きいフネばかりでなく、小さな水雷艇に至るまで出かけた。

太平洋戦争中の日本海軍は、とても東郷さんみたいにはなっていなかった」


では、戦艦を中心とする日米間の艦隊決戦はありえたであろうか。それについて、土肥一夫は、

「戦後まもなく米国海軍作戦部の〝戦略爆撃調査団〟が来て、元の海軍大学校跡で、戦時中のことをいろいろディスカッションした。

そこで私は彼らにいった。米国海軍は、戦争がはじまったら、マーシャル群島のブラウン（註・エニウエトク）に根拠地をつくり、そこから西へ全艦隊で押し寄せてくる計画だったろう。われわれの方は、米国艦隊がブラウンに入ろうというとき、それを迎え撃って、あなた方のフネをぜんぶ沈める計画だった。どうですか？

すると彼らは、その通りだ、しかし沈められたかなという。

私が、ぜんぶは沈められないとしても、少なくとも七十パーセントは沈められたろうとい

うと、彼らはふーんといっていた。

私はやはり、日米戦は日本海軍伝統の邀撃作戦で戦った方がよかったと思う。日本海軍は日露戦争から三十数年、対米戦の訓練をやり、研究をしてきた。大砲も水雷も航空も練り上げ、思想も統一していた。それでやれば、アメリカが10こちらが6の兵力でも、あるていどの戦ができたはずだ。

アメリカは工業力が大きいから、艦隊などはすぐできるだろうというが、フネをつくるにはやはり二、三年はかかる。その乗員もかんたんにできない。

戦は結局負けるにしても、こんどみたいな惨めな負け方にはならなかったという感じがする」

といっている。

暗殺説と自殺説

さて、ガ島撤収が終了してまもない二月十一日に、連合艦隊司令部は、トラックの泊地で、「大和」から同型艦の「武蔵」に移った。「武蔵」の方が「大和」よりも通信装置が一段と完備したものになっていたからであった。

山本は、そのガダルカナル撤収も目前に迫った一月末、新橋の茶屋のおかみ古川敏子に、つぎのような手紙を書いている。

――（前略）八月から傷病者見舞慰霊祭などで四回陸上へ行きました外は艦上に蟄居《ちっきょ》して居ります。此頃海軍省の人から『内地から前線へ行く人で長官の顔を見るとメイッた気分も晴々する由』と書いてありました。そんなことでよくいくさが出来ると思って居ります、そんな不景気な内地ならもう一層のこと南洋に転籍して河合氏にでも来て貰って朝から晩までパパイヤばかりたべて暮らさうかしらむ。御馳走様でした。左様なら――

河合氏とは河合千代子のことである。冗談か本気か分からない手紙だが、どちらにしても、開戦直前に、連合艦隊各指揮官に行なった「全艦隊の将兵は本職と生死を共にせよ」という訓示とは、どうも合わないような気がする。

連合艦隊司令部が「武蔵」に移ったころは、ニューギニア東部の日本軍部隊は、ラバウルがあるニューブリテン島に接近したラエ、サラモア地区に後退して苦戦をつづけていた。

このラエ、サラモア防衛の目的で、二月二十八日夜、第五十一師団中野中将が指揮する陸軍部隊を乗せた輸送船団がラバウルを出港した。ところが三月三日朝、ニューギニアとニューブリテン島の間のダンピール海峡で、敵爆撃機八十機、戦闘機四十機の攻撃をうけ、輸送船七隻ぜんぶと駆逐艦三隻が沈没した。当時、零戦四十機が高々度の上空にいたが、敵機は裏をかいて低高度から反跳爆撃を加えてきたのであった。反跳爆撃とは、低高度から海面に爆弾を落とし、ちょうど水面に投げた石が跳びはねていくように飛ばし、艦船の舷側に命中させる方法である。

この結果、三千六百六十四名の将兵が戦死し、二千四百二十七名が命からがらラバウルに帰還し、八百名だけが無腰のままラエに着いた。輸送船に満載されていた軍需品・兵器のすべては海に沈んだ。こうして、乾坤一擲《けんこんいってき》の用意をととのえてかかった八十一号作戦も無残な結果に終わった。

米豪軍はこののち、ニューギニアの各基地およびガ島を根拠地とするソロモン群島の各基地に、多数の飛行機、輸送船を集中しはじめた。日本軍の本拠地ラバウル方面に向けて大規模攻勢をかけてくるもののようであった。

そこで連合艦隊司令部は、米豪軍の機先を制する目的で、四月上旬、第三艦隊の母艦艦載機の全力と、第十一航空艦隊の基地航空部隊の全力をあげて、敵航空機および輸送船の撃滅戦を決行することにした。これが「い号」作戦と名づけられたものであった。

この「い号」作戦が発動されるまで、山本は「武蔵」艦上で、ひまを見ては、幕僚や下士官たちと甲板の上の輪投げを楽しんでいた。山本は輪投げが気に入り、熱中して、輪投げ特別大競技では横綱になったという。

陣中閑あり、いいではないかというものであろう。しかし、東郷と山本は、やはりちがうようであった。

「い号」作戦は、山本が陣頭指揮をすることになり、宇垣、黒島その他の幕僚を連れて、四月三日にトラックから飛行艇でラバウルに向かうこととときまった。

出発の前々夜、山本は幕僚たちとのブリッジで二連勝し、手ばなしのご機嫌であった。前夜の四月二日夜は、藤井参謀相手に、半月ほどできなくなるからと、将棋を指した。

そのとき藤井が、

「とうとう最前線に出られることになりましたなあ」

と、たずねるともなしにいうと、山本は、

「そのことだよ。近ごろ内地では、陣頭指揮ということがはやっているようだが、ほんとうをいうと、僕がラバウルに行くのは感心しないことだ。むしろ柱島にいくなら結構なのだがね。考えてみたまえ、味方の本陣がだんだん敵の第一線に引き寄せられていくという形勢は、大局上、芳しいことじゃないよ。士気鼓舞という意味では、話は別だがね」

と、やや不満そうにいった。

近くで他の幕僚たちとともに聞いていた土肥は、

(長官は、ニミッツはハワイにいるんだろう、なんでおれが前に出なきゃならないんだ。行くことはないじゃないかと思っているんだな)

とうけとった。

連合艦隊司令部のラバウル進出を最もつよく主張したのは参謀長の宇垣であった。黒島その他の参謀も、宇垣の意見には反対できなかったらしく、そこで山本も、心ならずもラバウル行きに同意したようである。

宇垣は、四月三日の日記の中で、

——今回の南下直接作戦指導に当たるに関しては連合艦隊司令部としては大なる決意を有す。若し夫れ此の挙に於て満足なる成果を得ざるに於ては、当方面の今後到底勝算無かるべし。一般の作戦当事者而く感じ居らざる点無きや。又従来幹部の前線に自ら出馬して指揮統率に従ひ全般を鞭撻《べんたつ》するの気概稍《やや》欠けたるを憾《うら》まざるを得ず。玆《ここ》に於て余輩はブカ、ブイン、ショートランドは勿論、コロンバンガラ、ムンダ（註・以上ソロモン群島の各地）迄出向くの希望を述べたり。参謀連相当に泡を食いたるが如し。長官にして既に当地に進出せらる。

――

と書いている。

山本以下の連合艦隊司令部は、予定どおり四月三日にラバウルに進出した。「い号」作戦の参加機数は、南太平洋海戦後、南雲に替わって司令長官になった小沢治三郎中将の第三艦隊の母艦機約百八十機と、第十一航空艦隊の陸上機約百九十機、合計約三百七十機であった。

これは、真珠湾攻撃に向かった機数よりも、また台湾からフィリピンに空襲をかけた機数よりも少なかった。しかし、これがいまの連合艦隊の主要航空兵力であり、米豪軍の出鼻を挫《くじ》いて戦局を盛り返すことができる唯一の切札であると山本はじめ連合艦隊司令部は思ったようである。

「い号」作戦は、四月七日、九九式艦爆六十七機、零戦百五十七機（註・一部は六十キロ爆弾搭載）の大兵力で、ガダルカナル泊地の敵艦船を空襲することから開始された。その戦果は、味方の報告を元にして連合艦隊司令部が控え目に判断しても、敵艦船十数隻撃沈、撃破というたいへんなものであった。ところが実際は、米駆逐艦、海防艦、タンカー各一隻が沈没しただけであった。

味方は艦爆十二機と零戦九機が還らなかった。

ついで四月十一日にはニューギニアのブナ南方のオロ湾の輸送船群、十二日にはポートモレスビーの航空基地、十四日にはニューギニア東南端のミルネ湾の輸送船群を、いずれも大挙して空襲した。

この一連の航空攻撃で、敵巡洋艦一隻、駆逐艦二隻、輸送船二十五隻を撃沈し、敵機百七十五機を撃墜したと、連合艦隊司令部は判断して満足した。

しかし、連合艦隊司令部が信じた戦果は幻であった。実際には、駆逐艦、海防艦、タンカー、輸送船各一隻撃沈、輸送船一隻擱坐《かくざ》、飛行機約二十五機撃墜、撃破という僅少な戦果でしかなかった。

味方の損害は未帰還四十三機で、全参加機数約三百七十機の約十二パーセントであった。しかし、第三艦隊の母艦機の被害の割合いが大きく、被弾機をふくめると約五割が使えなくなり、空母部隊はトラックの泊地から内地に帰り、建て直しをしなければならなくなった。

これらの事実を知れば、連合艦隊司令部は愕然として航空戦の前途に絶望したかもしれない。しかし幸か不幸か、幻の戦果を信じたために、士気は高揚した。

ただし一つだけ、まちがいなく喜んでいいことがあった。それは、零戦が米戦闘機のP40やF4Fよりも圧倒的に強く、P38とF4Uにたいしては高空での性能がやや劣るだけという、相変わらぬ「ゼロ戦強し」の事実であった。

山本、宇垣ら連合艦隊司令部首脳のブーゲンビル島方面前線巡視計画が、山本の決裁で決定されたのは四月十三日であった。

その夕刻、前線各部隊に宛てて、

「GF（註・連合艦隊）長官四月十八日左記ニ依リ『バラレ』『ショートランド』『ブイン』ヲ実視セラル。

〇六〇〇中攻（戦闘機六機ヲ附ス）ニテ『ラバウル』発、〇八〇〇『バラレ』着、直チニ駆潜艇ニテ〇八四〇『ショートランド』着（中略）、一四〇〇中攻ニテ『ブイン』発、一五四〇『ラバウル』着、天候不良ノ際ハ一日延期」

という暗号電報が発せられた。

ブーゲンビル島はラバウルの南東約百六十浬《かいり》にあるソロモン群島北端の島である。その南端にブイン基地があり、ブインのすぐ南にショートランド島がある。バラレはその東隣りである。

しかし、この巡視には危険が多いとして反対する者がかなりいた。

まず、第三艦隊司令長官の小沢治三郎が山本に会い、ぜひとも巡視を思いとどまってもらいたいといった。しかし山本は、「心配ないよ」とこたえてきかなかった。やむをえずに小沢は黒島をつかまえて、

「おれのところの戦闘機を五十機ぐらい護衛に出すから、参謀長にそういえよ」

と、クギをさすようにいった。しかし黒島は、やはり山本とおなじでタカをくっていたのか、あるいはいってもムダだと思ったのか、握りつぶしてしまった。

陸軍の第八方面軍司令官今村均中将は、二ヵ月前に、自分が乗った海軍の一式陸攻がブイン手前で米戦闘機三十機に襲われ、危うく助かったという体験を山本に話して、それとなく自重をうながした。しかし山本は、やはりきかなかった。

四月十三日にショートランドにいた第十一航空戦隊司令官の城島《じょうじま》高次少将は、山本の巡視スケジュールについての電報を読んで、その無神経さに愕然として、自分の幕僚たちにいった。

「長官の行動を長文でこんなに詳しく打つバカがどこにあるか。君らはこんなことは絶対にしてはいかんぞ」

城島は、山本らの出発の前日、四月十七日にラバウルにもどると、山本をたずねて、

「長官、きわめて危険ですから、どうか巡視はやめてください」

と、涙を流して諫めた。それでも山本は、

「朝出て夕方には帰ってくるんだ。近いところだし、大丈夫だよ」

といって、巡視をやめようともしなければ護衛戦闘機をふやそうともしなかった。

翌十八日午前六時、山本一行が乗った一式陸攻二機は、予定どおりラバウル基地を発進し

た。山本は前日まで、いつも第二種軍装という白服を着ていたが、この日はじめて、全将兵と同じ緑色の第三種軍装という略服を着ていた。

いままで山本がなぜ白の軍装を着つづけていたのか、よく分からない。総帥たる者は威儀を正しくすべきであると思っていたのか、味方の部隊の出撃を見送り、また帰還を迎えるには、礼をつくすべきであると考えていたのか。ただ、山本の白服はわざとらしさを感じさせず、部下たちに爽やかな好印象を与えていたことは確かである。山本はそこまで計算していたのであろうか。

山本、宇垣らが分乗した一式陸攻二機は、ラバウル発進後約一時間三十分は何事もなく飛び、あと十五分でバラレに着くというところまできた。しかしそこで、山本の楽観を打ちくだくように、米戦闘機Ｐ38十六機が襲いかかってきた。零戦六機はすぐさま応戦したが、防ぎきれなかった。

まず山本が乗った一番機が被弾、火と黒煙を吹きながら密林の中へ落ちて行った。やがて宇垣が乗った二番機も右エンジンに被弾、そのまま海上に不時着した。

一番機は、操縦員を含めて山本以下十一名が乗っていたが、全員戦死した。山本は後頭部から額に抜ける銃弾で即死していた。

二番機は宇垣ほか二名だけが助かった。

米軍は、山本巡視の暗号電報を解読し、戦闘機隊に待ち伏せさせて、山本らを暗殺したのであった。

「あらゆる方法を尽くしてこれを討ちとれ」という命令は、ルーズベルト大統領、ノックス海軍長官の手で決裁され、ハワイの米国太平洋艦隊司令長官ニミッツ大将、機動部隊指揮官ハルゼー中将を経て、ガダルカナルの米軍航空部隊司令官ミッチャー少将に下されたものであった。

山本はここで、真珠湾奇襲攻撃の仇を討ち果たされたことになった。しかし、このような最期は、壮烈というものではなく、むしろ無念というものであったと思われる。

ただ、山本はじめ、有為な人材がいちどに多数死んだこの事件は、誰のせいでもなく、山本自身のせいであったろう。

この山本の死については、いまも、「覚悟の自殺」という説の人がかなりいる。戦局の前途にのぞみを失い、死所を求めていたというのである。

しかし、それにはいくつかの疑問があって、容易にはうなずきがたい。

まず、トラック出発の前々夜、ブリッジで二連勝したときの山本は、茶目っ気まる出しで喜んでいた。

前夜、藤井との将棋のときは、誰が聞いてもラバウル行きをのぞんでいず、不本意ながら出かけるという様子であった。

「い号」作戦終了時は、航空部隊の大戦果を信じて気をよくし、自信をとりもどしたようであった。

また、飛行機が闇討ちされる危険を予感しながら、多数の同行者を死の道連れにしてもいいと思うであろうかという疑問もある。

それに、本気で死ぬ気になるならば、ネルソンのように敵と戦い、壮烈に死ぬ機会をつくれるのではなかろうか。

人の心の中は、かんたんに分かるものではないが、どうも山本が死を急いでいたとは思われない。

土肥は山本戦死の前日までラバウルにいた。彼は自分が書いた連合艦隊の文書の決裁を受けるために、その日、山本のところへ行った。すると山本は、

「明日はおれについてこないでいいから、きみはトラック（トラックに旗艦「武蔵」がいた）へ帰って、すぐ印刷配布せい」

といった。それで土肥は、その日のうちに飛行艇でトラックに帰った。

十八日の朝、「武蔵」艦内で印刷配布の作業をしていると、午前八時すぎに、

「ふしぎな電報がきました」

と、通信室から知らせがあった。長官機がジャングルに落ち、煙りが上がっているということであった。

その土肥は、

「死にたくて飛行機で巡視に出たという人がいるが、それは考えられない。山本さんは楽観しすぎていたという感じがする。小沢さんが、第三艦隊の戦闘機を五十機つけましょうといったけれど、『戦闘機が六機もついてくるんだから十分だよ。それより第三艦隊は早くトラックへ帰って休めよ』といって取り合わなかった。

それに山本さんは、『おれが行くんだから護衛戦闘機を十分につけろ』ともいいにくかったのではないかという気もする。

しかし、連合艦隊司令長官としては、もっと慎重であってほしかったと思う。

武蔵の長官室の抽斗《ひきだし》にあった遺書は、戦死の七ヵ月前に書いたもので、巡視で死ぬことを予期して書いたものではない」

といっている。

遺書とは、

「征戦以来幾万の忠勇無雙《むそう》の将兵は命をまとに奮戦し護国の神となりましぬ
ああ我何の面目かありて見《まみ》えむ大君に将又《はたまた》逝きし戦友の父兄に告げむ言葉なし
身は鉄石に非らずとも堅き心の一徹に敵陣深く切り込みて日本男子の血を見せむ
いざまてしばし若人ら死出の名残の一戦を華々しくも戦ひてやがてあと追ふわれなるぞ
昭和十七年九月末述懐　山本五十六誌」

というものであった。

この述懐は、例によって意気込みがつよく、かっこいいことをいっている感じがする。しかし、「堅き心の一徹に敵陣深く切り込みて日本男子の血を見せむ」と、自分に誓い励ましているのである。戦いもせずに暗殺同様に射殺されることをのぞんでいるとは思われない。

やはり山本は、隙を衝かれて討たれたというのが事実であろう。

それならば、小沢、今村、城島のような実戦家の意見をなぜ尊重しなかったのであろうか。

それは、また、ハワイやミッドウェーやガダルカナルや「い号」の各作戦にかかる前とおなじであったという気がする。

「いちどこうと思いこむと、他人のいうことはすべてロクなものではないと頭から決めてかかり、いっさい聞き入れようとしない」

そういう性格が、ここまできても、まだ変わらなかったのではなかろうか。

山本の後任の連合艦隊司令長官には、山本が親しかった古賀峯一大将が任命された。

しかしこのときにはもはや、連合艦隊には、米国艦隊にいちどでも大勝できるほどの戦力は残されていなかった。とくに航空戦力は、開戦時の三分の一にもならない無残な状態となっていた。

こののちの連合艦隊は、戦うたびに敗れて勢力を減少し、ついには昭和二十年四月七日の「大和」の沈没をもって全滅同然となる。

昭和十八年五月二十一日に、大本営は山本の戦死を発表し、情報局は、山本に、大勲位、功一級、正三位、元帥の称号、国葬を賜うという発表をした。

全海軍、国民の多くが山本の死を惜しみ、悲しんだ。しかし、山本にたいするこのような死後の処遇のうち、国葬は適当ではないという意見もないではなかった。前記の元陸軍中将佐藤賢了《けんりょう》は、その著の中で、つぎのように書いている。

――連合艦隊長官の戦死には、心から敬弔のまことを捧げたい。軍人としても国民としても――。また元帥の称号を贈られることには異存はなかった。しかし国葬にすることには私は反対だった。ミッドウェー失敗いらい、わが海軍はほとんどその決戦力を失ってしまい。戦勢はこの一戦を境として逆転した。その罪は万死に値する。山本大将の戦死は自決だとのウワサさえあったが、その真疑はともかく、連合艦隊司令長官の輝かしい戦死として国葬にすることは適当でないと思い、私はその由を東条総理に述べたが、陸海軍の協同を心から重んずる東条首相は筆者の意見をいれなかった――

東条が陸海軍の協同を心から重んじたというのは、政治的ないいまわしであろう。それは別として、国葬は適当ではないといういい分には一理があるという気がする。

連合艦隊司令長官としての山本五十六には、東郷平八郎のような功績はなく、むしろマイナスが大きかった。山本は、決して世にいう名将ではなかったと思われるのである。

最後に一つつけ加えておきたい。

「死んだ人やひどい目に会った人びとには気の毒だが、戦争は負けてよかった。もし戦争に勝っていたら、相かわらず陸海軍の軍人がいばりちらして、いまのように自由になんでもいえてなんでもできる世の中にはならなかったろう」

と、元「大和」の艦長松田千秋や、連合艦隊参謀の土肥一夫がいっていることである。

あとがきにかえて

山本五十六連合艦隊司令長官戦死のニュースを聞いたのは、昭和十八年五月下旬であった。私が海軍兵学校の三号生徒（第一学年）で、入校後六ヵ月ぐらいのときである。十七歳であった。はっきりは覚えていないが、大食堂で食事にかかるまえに、当直監事（将校）が、第七十二期から第七十四期までの全校生徒にそのことを話したような気がする。

それを聞いたとき、連合艦隊司令長官が戦死するようなら、われわれも卒業したら、まもないうちに死ななければならないなと思ったものである。

六月はじめに、井上成美《いのうえしげよし》校長が、故山本元帥国葬に際しということで、全校生徒に山本元帥の逸話を、分かりやすく、くだけた話しぶりで聞かせてくれた。今にして思うと、「山本さんは神様じゃないんだよ、人間なんだよ」といっているようであった。そのなかで印象につよく残ったのは、

「元帥は五手も六手も先を見て物をいっておられた。元帥には良く先が見えるのである。これは頭脳の良さもあるが、元帥はもともと私心がなく、名誉欲もなければ出世欲もない故、正当な判断ができ、それに信念が強く、勇気があるゆえ、これができたのである」

といった話であった。

頭はよくなくても、私心や名誉欲や出世欲がなければ、いくらかでも先が見えるようになるのかなと思ったのである。

終戦は広島県大竹の海軍潜水学校で迎えた。ちょうど一ヵ月前の七月十五日に少尉になったばかりであった。みんなと一緒に玉音放送を聴いたのだが、ピンとくるものがなく、だまされているような気がした。

有史以来、日本は負けたことがない。また日本人は死んでも降伏してはならない。と、われわれは教えられてきた。

「喜んで死ぬ」という言葉があるが、ほんとうは誰も、死ぬことはのぞまないにちがいない。しかし、本土決戦では、いよいよわれわれも死ぬことになるだろう。それならば、オレもせめてアメリカ兵の千人ぐらいは冥土の道連れにして死にたい。

このように思っていたのが、日本が降伏するというのだから、われわれが教えられてきたこととちがうじゃないかという思いがしたのである。

そのときは、命が助かってよかったというすなおな気持にはなれなかった。

それじゃあ、いままで何のために戦ってきたのか、多数の将兵が何のために戦死したのか。これでは、口ではりっぱなことをいっていたって、日本の指導者なんて、みんなウソッ八じゃないかという気持の方がつよかった。

以来、「君のため」とか「国のため」とか「人民のため」とか、りっぱそうなことをしきりにいう人間は信用ができないと思うようになった。また、自分でも、そういうことはめったに口にすまいと心がけるようになった。

しかし、時がたつにつれて、あのとき降伏したことは正しかった。ほんとうは、昭和十九年十月の神風特別攻撃隊を出す前に降伏すべきであった、と思うようになった。特攻隊というのは、戦争指導者が無能のために生まれたものであり、無能な戦争指導者のために、前途有為な若者たちが死ぬ必要などないからである。

特攻隊の勇士たちは、「祖国のため」、「民族のため」、「親きょうだいのため」、「妻のため」、「恋人のため」と思って死んで行った。その行為は尊敬すべきことにちがいない。しかし、そこまでやらせるべきではなく、そのまえに戦争指導者が自ら責任をとるべきであったと思うのである。

もしどうしてもやりたければ、大将以下の海軍兵学校出身者の全員がやるべきではなかったろうか。

井上校長が敗戦を予知し、兵学校の生徒たちには軍事学より普通学に重点をおいて教育し、海軍次官になると真っ先に終戦工作をはじめた、というようなことをはっきり知ったのは、昭和四十年代になってからであった。そのときはじめて、井上さんはタテマエ人間ではなくて、ホンネ人間だったのだなと思ったのである。

海軍には、まだまだホンネ教育が足りなかったのではなかろうか。

つい四、五年まえまでは、自分が山本五十六元帥のことを書くなどということは、ぜんぜん考えてもいなかった。もし海軍がつづいていたら、書けるわけもなかった。阿川弘之氏の『山本五十六』も陽の目を見なかったのにちがいない。

ところが、三年前ぐらいから、元少将、大佐の或る先輩たちが「山本さんは戦《いくさ》がうまくなかった」といっているのが耳に入ってきた。また、さいきんは、色恋の場面がたっぷりのテレビドラマを見たら、どこまでほんとうかなという気にもさせられた。

戦前戦中は、東郷元帥といえば海軍の聖将で、むやみなことはいえない神聖にして侵すべからざる存在であった。ところが戦後は、井上成美元大将が東郷元帥を聖将の座からひきおろし、タブーの垣根を取りはずしてしまった。

昭和四十四年八月一日発行の『毎日グラフ別冊　あゝ江田島』に、「井上成美氏　荒崎（註・井上家がある海岸）放談　沈黙の雄弁」という記事が載っている。聞き手は評論家の新名丈夫氏である。その一節で、井上元大将は、つぎのとおり語っている。

――海軍では指揮官先頭ということを誇りにいう人がいる。航空隊ではもちろんそうですね。自分が先に立って率いていく。あとから号令をかけるんではなくて、おれについてこいということなんですね。

しかし軍艦の場合、指揮官先頭ということは、指揮官の乗っている軍艦が先頭に立って進むということだけで、先頭がいちばん危険でもなんでもない。その方が指揮に便利だからです。こんなことは海軍の伝統精神として、とくに取りあげるには当たらないと思いますね。ただ東郷さんが、それを身をもって示しましたね。

（中略）東郷さんは、ブリッジの風の吹きさらすところで指揮していた。あの人は西郷隆盛みたいな人なんですね。あまり知将でもなかったし、名将でもないけれど、なんというか、無神経なボーッとしたところがあって、それでいてちゃんと自分としては死ぬつもりでやるんだ。指揮はおれがとるという気持をもって、黙ってそんなことをやっちまう。だから、平時にあの人が何か口に出すと必ず失敗するんだな（笑）。

したがって、人間を軽率に神様扱いにするものじゃないということだな。私は、そういうのに賛成だ。（中略）神様になるような人間はいないですよ。

古賀さん（註・峯一大佐、海軍省先任副官、のちに元帥）が私にいったことがある。「東郷さんが海軍省は生意気だといった」というんですね。

山梨さん（註・勝之進中将、海軍次官）が非常な苦心をしてロンドン会議（註・昭和五年の海軍軍縮会議）をまとめ、あの比率（註・日本が米、英それぞれの六割）でけっこうですといっているのに、それを加藤寛治（註・大将、軍令部長）なんかが、末次（註・信正中将、軍令部次長）と二人で反対して、艦隊にいる若いものの人気を集めて、やれ艦隊派（註・軍縮条約反対の加藤、末次ら）だ、条約派（註・軍縮賛成の財部彪海相、山梨、堀悌《てい》吉《きち》軍務局長ら）だという。まるで陸軍の皇道派、統制派みたいなものができかかった。完全にはでき上がりませんでしたがね。（中略）私なんかも条約派に入れられてね。

私が少佐で軍務局にいたときに「井上、六割だっていいじゃないか」と古賀さんがいう。昭和の初めですからね。「アメリカがどんどん軍備拡張をいまやっているんだから、それを続けていったら、六割だって持てなくなるよ」（註・日本海軍が）。こんなことでアメリカやイギリスの感情を害するのはつまらん。六割では戦えないというなら、戦争を起こさぬように仲良くすればいいじゃないか」というわけです。私もまったく同感でした。六割でも良すぎるとさえ思った。八八艦隊をつくろうと思ったって、できなくって困っていたのだから。（註・そんな予算はとれない）

それに、第一次世界大戦後のヨーロッパの状況を見ていると、日本海海戦みたいな兵隊さんと兵隊さんの一本勝負で、勝ったからといって国が勝ったということではなくなっている。バットルで勝ってもウォーに勝ったことにならない。ウォーに勝つ決め手は国力です。アメリカに対して、日本が国力の点で決め手を持たない。だとすれば、そういう国と仲良くしていくのが得なんだ。

話はそれましたが、東郷さんが海軍省は生意気だといわれたのは、加藤が東郷さんのところへ行ってうっぷんをぶちまけたところ、東郷さんがそれに乗っちゃって怒っちまったんです。（中略）

東郷さんという人には、自分の思想というものがない。自分の哲学とか主義というものがないのですよ。だから、なにか先にいってくるやつのことが先入主になる。それに対してハテナということをしない人ですよ。それだけ、まあ肝っ玉がふといというか、人間が大きいということかもしれない。日本海海戦なんかでも、だから弾丸の降る中で黙って立っていられたんですね。そして加藤友三郎、秋山真之《さねゆき》なんかに任せっきりにしておくだけの肝っ玉がすわっていたんですね。その点では、偉いところがあるんですよ。

山本権兵衛さんという人は、ほんとうに適材を見つけて司令長官にもっていったものです――

このように歯に衣を着せず、神格化された東郷元帥を人間の座にひきずりおろしたのである。

しかしこんどは、山本元帥が新しい偶像になり、「人間」という名がついたタブーの存在となった。山本元帥については、いままでに新聞に雑誌に本にいろいろ書かれ、テレビや映画にもずいぶん描かれた。どのように書かれ描かれたかというと、血も涙も色恋もある悲劇の英雄としてである。たしかにそういう面はある。しかし、そういうところばかりがどこにもここにも出てくると、「裸の王様」みたいに思われてきたのである。

私は、悲劇の英雄もいいが、山本元帥が連合艦隊司令長官として、果たして名将というに値する人であったかどうかについて、もっと究明する必要があるのではないかと思った。

書けば、「お前ごときがなにをいうか」という声が、旧海軍出身者ばかりでなく、各方面から飛んでくるのが目に見えるようであった。しかし、敢《あ》えて当たって砕けることにしたのである。

山本元帥に対する疑問はいくつかあった。主なものをあげてみると、

一、なぜ海軍大臣にならずに連合艦隊司令長官になったのか。

二、なぜ連合艦隊司令長官の職を賭しても日米戦を阻止しなかったのか。

三、真珠湾攻撃はまちがいではなかったか。

四、ミッドウェー海戦大敗の根本原因は山本長官の作戦指導のせいではないか。

五、ガダルカナル島で陸海軍将兵約一万五千名の餓死者を出し、また、その他の人員、飛行機、艦船の大消耗をきたして決戦力をなくしたのはどういうわけか。

六、「大和」「武蔵」以下の戦艦・重巡群を無用の長物と化したのは、山本長官の用兵のせいではないか。

七、米戦闘機隊に待ち伏せされ、搭乗機が撃墜されて、多数の同行者とともに戦死したのは、山本長官の判断が甘かったせいではないか。

八、総合的に見て、連合艦隊司令長官としてはミス・キャストだったのではないか。

というものであった。

これらの疑問にたいして、事実はどうであったか、年月にしたがって、見なおしてみたのである。

すると、それらの疑問にたいする事実とともに、山本元帥にはキワだって変わった面白い性格がいろいろあることも、あらためて目についた。米内光政《よないみつまさ》大将は、「茶目ですな」といった。サカ立ちや皿まわしや曲芸じみたこともうまい。人情味たっぷりの逸話や感情過多ともいえそうな涙もろい逸話も山ほどある。女も好きだ。バクチも大好き。ただし酒はまったく飲まない。占いや超合理的なことにも非常に興味を持つ。けっこういいカッコウをしたがる。などである。

そして、これらの性格が、山本長官の作戦・用兵に、大なり小なりかなり影響していると も思われたのである。

なかでも、バクチ好き、それもブラフが好きということと、超合理的なことが好きという性格が、ハワイ作戦、ミッドウェー作戦、ガダルカナル中心のソロモン群島作戦に、つよく作用しているような気がした。それはいずれも、理論的には成功を期しがたいのに、奇跡的に成功することをあてこんだような作戦指導と思われたのである。

まともに戦っては勝てるような相手ではないので、意表をついた作戦で戦おうとしたのかもしれない。しかしやはりアメリカの国力と合理的な戦法には通じず、むしろ大あてはずれの結果となったという気がした。

山本元帥の超合理好みの代表的な例としては、海軍次官時代の昭和十四年に、「水から油が取れる」という話を本気にして、一時狂信的に熱中したという逸話がある。

当時海軍省副官の海軍少佐だった実松譲（のちに大佐・兵学校第五十一期）は、『海軍大学教育』（光人社）の中で、およそつぎのように書いている。

――（前略）こんどは、こともあろうに海軍のお歴々が、売込みの〝街の科学者〟なるものの甘言にマンマと乗ぜられ〝水から油〟の問題を本気になって、真正面から取り組むようになった。

（中略）ことの張本人は、航空本部教育部長で、のちの神風特別攻撃隊の生みの親、終戦時の軍令部次長だった大西瀧治郎大佐であったようだ。とりわけ困ったのは、大西大佐にうごかされた山本次官が、非常に乗気になっていることだった。俊敏な頭脳の持ち主であり、透徹した判断を下す〝カミソリ次官〟が、この愚にもつかないことにかつがれるとは、どうしても考えられない。

しかし、次官の動静をジッとみつめていると、どうやら信じきっているらしい。

先任副官の一宮義之大佐をはじめ、われわれ大臣官房のものは対策を鳩首凝議する。（中略）もともと水は「HとO」からなっているが、油は「CとHとO」からできている。水にどのような科学的作用を加えても油にならないことは、化学の初歩を学んだ者にでも容易にわかる。（中略）

そこで、一宮副官が、官房を代表して次官に直言することとなる。水を油に変えることの不可能なるゆえんをのべて、次官の軽挙をいましめ、その翻意を懇請する。

いつもは、筋道のとおったことには素直に耳をかたむける次官だが、このときばかりは別人のように感じられた。

「君たちのように浅薄な科学の知識では、そのように考えられるだろうが、深遠な科学というものは、けっしてそんなものではない……」

と、聞きいれないばかりか、逆に、〝説教〟されてしまった。

（中略）軍需局長の氏家中将や一課長の福地大佐などは、燃料に関する専門的な知識と、まえにふれた徳山における実験の結果（註・何人かが厳重に監視していると、ごまかしができずに化けの皮がはがれた）などを説明して、次官の軽挙をいましめた。しかし、いぜんとして山本は、テコでも動かない。

「こと燃料のことは自分が第一人者である。とうぬぼれることは大禁物だ。そういう偏狭な考え方にたてこもっていては、海軍の燃料政策は進歩しない。よろしく量見を大きくし、とるに足らぬと思われる名もなき市井の徒のいうことをも取り入れてこそ、海軍におけるあらゆることの向上と進歩が期待できるものである。……」

といった調子で、とりつくところがない。

狂信というか、頑迷固陋《ころう》ともいうのであろうか。それとも、われわれ凡愚には解くことのできないなんらかのヒラメキというものを、次官は感得していたのであろうか？

（中略）ともかく、特別に優遇された科学者の「水が油になる実験」の準備は、こうして着々とすすめられた。

場所は、日比谷公園に面する海軍共済組合の一室――。

この神秘のナゾを解く世紀の実験に、多大の期待と希望をつないだのは、山本次官を筆頭とする大西大佐グループである。

（中略）いよいよ四十八時間ぶっとおしの実験がはじまる。

万一の成功を期待するものも、断じてインチキを許さない人びとも、ともにまばたきもしないで、息をころしてみつめている。

（中略）この実験は特異なもので、いろいろな操作を必要としない。部屋の中にあるものは、水のはいった試験管だけであり。これとニラメッコしているようなものだった。

（中略）四十時間たったころには、彼ら（註・立会人）はそろそろ眠気をもよおし、ともすれば張りつめた気力もゆるみがちであった。

（中略）頃合いよしとみてとった彼（註・街の科学者）は、決然として、〝玉手箱〟に手をかけた。このときにそなえて、かねて懐中にしのばせていた「水が油に変わる秘薬」が、すばやく彼の手中にかくされた。（中略）彼は神妙な顔をし、数滴の〝秘薬〟を、水のはいった試験管にそそいだ。

このとき、居眠りしているような立会者の両眼はパッと大きくひらき、ギロリと光る目玉を射るように、〝街の科学者〟をにらみつけた。

こうなっては、万事休すというもの——。

彼は完全に馬脚をあらわした。インチキの正体は、みごとに看破されてしまった。

〝泰山鳴動してネズミ一匹〟どころではなく、出てきたものは、試験管の水の表面にかすかにただよう油だけであった。

このようにして、山本次官たちが、万一の期待をかけた世紀の実験は、悲哀の終幕をつげたのである。

（中略）次官がわれわれの〝諫言〟をしりぞけた真意はなにか？

日本の国防体制を強化し、愛する帝国海軍の地歩をしっかり築きあげたいという悲願を達成するため、その最大の悩みである〝血の一滴〟にも等しい油の問題を解決すべく、一身の毀誉褒貶《きよほうへん》を度外視し、万一の奇跡に一縷《いちる》の望みをかけたのではなかろうか。

と筆者には思われる——

こうなると、超合理などといえるものではなく、どう考えても非合理としか思えないが、ともかくこの逸話と、ハワイ、ミッドウェー、ガダルカナルの諸作戦の経過がよく似ている。山本元帥の「深遠な科学」つまり超合理好みの性格が、おなじようなことをさせたのではなかろうか。

同元帥が、手相・骨相観の青年を気に入って、海軍航空本部嘱託に採用し、搭乗員応募者の適性を鑑定させることにしたという話も有名である。

これもまた、もとをただせば、大西大佐が持ちこんだものであった。

しかし、その水野義人という二十四、五歳の若い観相家をよんで、数人の士官を鑑定させてみると、ドキッとするほどよく当たった。

こちらの方は、まったくイカサマの〝水から油〟とちがい、応用統計学といってもまんざらウソではないくらいで、少なくとも六十パーセント以上は的中するものと認められた。

そこで、全面的にその鑑定にたよるというのではなく、「参考トスルハ可ナラン」ということで採用したものであったが、実際に、そうとう役に立ったようである。

超合理というのも、こういうもので、そのていどに考えて用いるならば、プラスになるかもしれない。しかし、のめりこむと、とんでもないことになりかねないのである。

このことについては、阿川弘之氏の『山本五十六』にくわしいので、ここでは、このていどにとどめておきたい。

余談になるが、手相観ということでは、合理主義のかたまりみたいな井上成美大将も、本格的に研究していたようである。井上成美伝刊行会の『井上成美』には、

――もっとも井上の手相研究は本格的だったようで、当時、海軍参与官を務めた中野敏夫は、井上が次官室で厚さ五センチほどもある英文の手相の原書を読み耽っているのに出くわしたことがあると回想している。そのとき井上は「見料は十円」と言って中野の手相を観たという。中野も東西の関係書籍を見せてもらったと言うし、井上が残した書籍の中にも、「掌紋学――二〇・四」と題して日英両文で綴った図解入り自筆のノートがあるから、一夜漬けの知識でなかったことは確かである――

と、書かれている。

ところで、山本五十六海軍次官の手相からする運勢は、水野観相家の鑑定によると、つぎのようなものであったという。

――俗に天下線と称する、太閤秀吉の持っていたのと同じ線が中指のつけ根まで、はっきり一直線に伸びていて、途中で職業を変わらずに、最高位まで行く――

『一五〇日で凶運を解消する法』（ランダム出版）を書いた陰陽運勢鑑定学会会長の高橋慶舟氏に鑑定してもらうと、山本元帥の運勢は、つぎのようである。ただし、こちらは、姓名

判断を中心とする鑑定である。

「たいへん功名心が強く、人から高い評価を得られることならば、危険をかえりみずに全力投球をする。

頭脳は明晰で実行力もあるが、自分の実力を十分に生かしきれない。何かをやろうとすると邪魔が入りやすく、一時的には成功しても長つづきしない。

家族運がうすく、愛人と同棲するなどのことがある。

浮気症の浪費家。夜遊びが好きで人をだますのも好き。酒豪タイプ。強度の短気者。家出や自殺をする。

自分または家族に事故、災害が生じる」

どのていど当たっているか、あるいは当たっていないか、これはあくまでも参考である。

なお高橋氏によると、運勢鑑定によって、自分に思い当たることがあれば、悪い性格はなおし、悪い運勢には注意して自重し、良い性格や運勢は積極的に伸ばすようにするのがいいのだという。

山本元帥の、メンツを重んじるというか、いいカッコウをしたがる性格が、連合艦隊司令長官の職を賭しても日米戦を阻止するということを妨げたということも、注目すべき重要なことであったように思われる。くわしくは本文を見ていただきたい。

総括して結論をいえば、連合艦隊司令長官としては山本元帥はミス・キャストであり、名将といえる人ではなかったということである。

井上大将は、東郷元帥について、「平時にあの人が何か口を出すと必ず失敗する」と批判している。しかし、戦時の連合艦隊司令長官としては、「山本権兵衛さんという人は、ほんとうに適材を見つけて司令長官にもっていったものです」と高く評価している。

それにならったいい方をすれば、「山本元帥は戦時の連合艦隊司令長官としては必ず失敗する」、「海軍大臣ならば最適であったろう」と思うのである。

さて、この本では、山本元帥にたいして、いいたい放題なことを並べたが、自分ではまちがったことは書いていないつもりである。まちがっていれば、謹んでお詫びをし、それ相応の責任をとらせていただこうと思っている。

海軍の諸先輩には、貴重な話をざっくばらんに聴かせてもらい、衷心からお礼を申し上げたい。

昭和五十八年十月

生出　寿

参考文献＊『戦藻録』（宇垣纏　原書房）＊『大東亜戦争全史』（服部卓四郎　原書房）＊『海軍戦争検討会議記録―太平洋戦争開戦の経緯―』（新名丈夫　毎日新聞社）＊『海軍兵学校沿革』（原書房）＊『大東亜戦争回顧録』（佐藤賢了　徳間書店）＊『連合艦隊参謀長の回想』（草鹿龍之介　光和堂）＊『海軍航空隊始末記』（源田実　文藝春秋）＊『井上成美』（井上成美伝刊行会）＊『連合艦隊始末記』（千早正隆　出版協同社）＊『日本海軍の戦略発想』（千早正隆　プレジデント社）＊『歴史の中の日本海軍』（野村実　原書房）＊『大本営海軍部』（山本親雄　白金書房）＊『大東亜戦争と戦史の教訓』（外山三郎　原書房）＊『東郷平八郎小伝』（東郷会）＊『坂の上の雲』（司馬遼太郎　文藝春秋）＊『海は甦える』（江藤淳　文藝春秋）＊月刊誌『東郷』昭和五十八年八月号（東郷会）＊『山本五十六と米内光政』（高木惣吉　文藝春秋）＊『山本五十六』（阿川弘之　新潮社）＊＊『人間山本五十六』（反町栄一　光和堂）＊『人間提督　山本五十六』（戸川幸夫　光人社）＊『父山本五十六』（山本善正　光文社）＊『〝ザ・マン〟シリーズ　山本五十六』（プレジデント社）＊『米内光政』上下（阿川弘之　新潮社）＊『新版米内光政』（実松譲　光人社）＊『提督吉田善吾』（実松譲　光人社）＊『四人の連合艦隊司令長官』（吉田俊雄　文藝春秋）＊『提督伊藤整一の生涯』（吉田満　文藝春秋）＊『海軍中将中澤佑』（中澤佑刊行会編　原書房）＊『特攻の思想　大西瀧治郎伝』（草柳大蔵　文藝春秋）＊『九軍神は語らず』（牛島秀彦　講談社）＊『神風』（デニス・ウォーナー、ペギー・ウォーナー、妹尾作太男訳　時事通信社）＊『実録太平洋戦争』（中央公論社）＊『艦長たちの太平洋戦争』（佐藤和正　光人社）＊『日本海軍風流譚』（海軍思潮研究会　ことば社）＊『毎日グラフ別冊　あゝ江田島』（毎日新聞社）＊『海軍大学教育』（実松譲　光人社）

文庫本　昭和六十一年八月　徳間書店刊

NF文庫

凡将山本五十六

二〇一八年二月二十日　第一刷発行

著　者　生出　寿

発行者　皆川豪志

発行所　株式会社　潮書房光人新社

〒100-8077　東京都千代田区大手町一-七-二

電話／〇三-六二八一-九八九一（代）

印刷・製本　モリモト印刷株式会社

定価はカバーに表示してあります
乱丁・落丁のものはお取りかえ
致します。本文は中性紙を使用

ISBN978-4-7698-3051-1　C0195

http://www.kojinsha.co.jp

NF文庫

刊行のことば

第二次世界大戦の戦火が熄《や》んで五〇年——その間、小社は夥しい数の戦争の記録を渉猟し、発掘し、常に公正なる立場を貫いて書誌とし、大方の絶讃を博して今日に及ぶが、その源は、散華された世代への熱き思い入れであり、同時に、その記録を誌して平和の礎とし、後世に伝えんとするにある。

小社の出版物は、戦記、伝記、文学、エッセイ、写真集、その他、すでに一、〇〇〇点を越え、加えて戦後五〇年になんなんとするを契機として、「光人社NF（ノンフィクション）文庫」を創刊して、読者諸賢の熱烈要望におこたえする次第である。人生のバイブルとして、心弱きときの活性の糧《かて》として、散華の世代からの感動の肉声に、あなたもぜひ、耳を傾けて下さい。

＊潮書房光人新社が贈る勇気と感動を伝える人生のバイブル＊

ＮＦ文庫

大空のサムライ 正・続
坂井三郎
出撃すること二百余回——みごと己れ自身に勝ち抜いた日本のエース・坂井が描き上げた零戦と空戦に青春を賭けた強者の記録。

紫電改の六機 若き撃墜王と列機の生涯
碇　義朗
本土防空の尖兵となって散った若者たちを描いたベストセラー。新鋭機を駆って戦い抜いた三四三空の六人の空の男たちの物語。

連合艦隊の栄光 太平洋海戦史
伊藤正徳
第一級ジャーナリストが晩年八年間の歳月を費やし、残り火の全てを燃焼させて執筆した白眉の〝伊藤戦史〟の掉尾を飾る感動作。

ガダルカナル戦記 全三巻
亀井　宏
太平洋戦争の縮図——ガダルカナル。硬直化した日本軍の風土とその中で死んでいった名もなき兵士たちの声を綴る力作四千枚。

『雪風ハ沈マズ』 強運駆逐艦 栄光の生涯
豊田　穣
直木賞作家が描く迫真の海戦記！　艦長と乗員が織りなす絶対の信頼と苦難に耐え抜いて勝ち続けた不沈艦の奇蹟の戦いを綴る。

沖縄 日米最後の戦闘
米国陸軍省　編
外間正四郎　訳
悲劇の戦場、90日間の戦いのすべて——米国陸軍省が内外の資料を網羅して築きあげた沖縄戦史の決定版。図版・写真多数収載。